"인생에 고양이를 더하면 그 합은 무한대가 된다."
●라이너 마리아 릴케

인간은 바쁘니까

고양이가
알아서 할게

열여섯 마리 고양이와
다섯 인간의 유쾌한 동거

인간은 바쁘니까
고양이가
알아서 할게

이용한 글+사진

위즈덤하우스

머리말

이 광활한 우주에서 좁쌀 같은 인연으로 너를 만나 여기까지 왔다. 그래서 더 행복해졌는지는 잘 모르겠다. 그래서 좀 더 웃고, 좀 더 울었던 것만은 사실이다.

8년 전 고양이 영역에 첫발을 내딛었을 때 이런 생각을 했다. 고양이가 우리와 함께 이곳에 살고 있었구나. 그전엔 한 번도 함께 살고 있다는 생각을 못해봤다. 고양이를 몰랐으므로 그들과의 공존을 생각할 기회조차 없었다. 고양이를 만나서 나는 그동안 몰랐던 세상을 알게 되었다.

내가 고양이에게 건넨 측은지심만큼이나 고양이가 나에게 건넨 위로의 시간들도 잊을 수가 없다. 고양이가 가져다준 문장들과 고양이가 선사한 멋진 사진들. 이 세상에 수많은 사람이 있고, 수많은 고양이가 있어서 서로가 만나 인연이 된다는 것은 그야말로 기적에 가깝다. 그러니까 그 인연은 소중하고 막중한 것이다.

이 책은 밖에서 저마다의 사연으로 이곳(다래나무집)에 온 아홉 마리 고양이와 여기서 태어난 일곱 마리 고양이, 그리고 다섯 명의 인간이 서로 뒤엉켜 동고 동락하는 이야기를 담았다. 특히 34개월 아들과 고양이들이 함께 장독대에서 놀거나 마당을 거닐고, 때로 우정을 나누며 성장하는 모습은 아빠인 나로서도 꽤나 흐뭇한 풍경이었다.

이 책에 슬프거나 불편한 이야기 따위는 없다. 길고양이의 아픈 현실에 대해 목청을 높이지도 않는다. 고작해야 복잡미묘한 출생의 비밀을 간직한 열여섯 마리 고양이의 좌충우돌 알콩달콩, 동화 같고 때로 만화 같은 이야기가 전부다.

그러니 고양이에 냉담한 사람도 그냥 무심하게 읽어보기 바란다. 한때 나도 고양이에 냉담했던 사람으로서 말하건대, 이것이 장담할 수 없는 그대의 미래일 수도 있으므로. 그대의 마음에 잠시 고양이가 앉았다 가도록 그대가 허락해주면 좋겠다.

2015년 이용한

차 례

등장 고양이 소개

오디

 전형적인 고등어. 위험한 찻길에서 구조한 삼총사 고양이의 일원. 다래나무집에 온 뒤로 2년간 군기반장이자 '왕초고양이'의 지위를 유지해오고 있음. 방앗간에서 버림받은 네 마리 노랑이들이 왔을 때 땅콩수술한 몸으로 녀석들의 보모 노릇을 하며 빈 젖을 물리기도. 냥이가 냥줍한 장본인이기도 한데, 어느 날 산에서 삼색이를 데리고 내려와 이곳에 눌러 앉힘. 모든 고양이들에게 대체로 온화한 편이나 자신의 권위에 도전하는 녀석들에겐 가차 없이 힘의 논리로 응징하는 스타일. 아내가 가장 좋아하는 고양이.

앵두

 전형적인 삼색이. 위험한 찻길에서 구조한 삼총사 고양이의 일원. 삼총사 중 유일한 암컷으로 다래나무집의 안방마님이자 오디의 마음을 조종하는 숨은 권력자. 두 번에 걸쳐 일곱 마리 아기고양이를 낳았으며, 2세대 보리, 귀리, 미리의 육묘 시절, 길에서 데려간 앙고까지 젖을 먹이며 한 식구처럼 키워주었음. 닭가슴살을 무척이나 좋아해서 "사료가 없으면 닭가슴살을 먹으면 되지"라는 어록을 남길 뻔한 앵두아네트. 주로 내가 마당고양이의 간식을 챙겨주므로, 주말마다 시골을 찾을 때 언제나 열렬한 마중과 아쉬운 배웅을 해주는 고양이.

살구

등에 무늬가 있는 무늬 노랑이. 역시 위험한 찻길에서 구조한 삼총사 고양이의 일원. 삼총사가 모두 사람을 잘 따르지만, 특히 장인어른이 가는 곳이면 어디든 따라다니며 길동무가 되어주고 일할 때도 언제나 옆에 앉아 기다려주는 고양이. 사진 촬영에도 가장 협조적으로 임하는 포토제닉 고양이. 하지만 앵두가 출산을 한 뒤로 오디의 경계심이 발동해 툭하면 영역에서 쫓겨나는 신세로 전락.

보리, 귀리, 미리

앵두가 처음 낳은 아기고양이 삼남매. 오디가 아빠로 추정. 세 마리 다 고등어 무늬. 보리는 온몸이 짙은 고등어 무늬로 덮여 있고, 고양이 낚싯대를 잡아채는 솜씨가 수준급 실력임. 귀리는 이마를 중심으로 고등어 무늬가 데칼코마니처럼 갈라짐. 사람 손만 보면 핥아주는 손성애묘. 미리는 세 마리 중 유일한 암컷이며 경계심도 가장 많은 편. 세 마리는 길에서 데려온 앙고와 한 형제처럼 놀고먹는 관계지만, 결정적인 순간에는 저희들끼리 뭉쳐서 앙고를 '왕따'시킴.

앙고

산책 중에 길에서 만난 고양이. 어미를 잃고 이틀간 울던 젖먹이 녀석을 무작정 데려와 육묘 중이던 앵두에게 맡기자 앵두는 자기 자식처럼 이튿날부터 젖을 먹여 키움. 앵두 이상으로 사람을 좋아해 어릴 때부터 현관 앞에 앉아 있다가 사람이 나오기만 하면 따라다님. '앙고'는 아들 녀석이 즉흥적으로 붙여준 이름. 자기가 이름을 지어주었다는 책임감 때문인지 아들은 앙고를 가장 좋아함. 어디를 가나 따라다닌다고 장모님도 이 녀석을 가장 예뻐함. 하지만 오디가 살구에게 그랬듯 앙고를 2인자로 여기는지 이따금 두들겨 팸.

노랑이들

이웃마을 방앗간에서 버림받은 네 마리 아기 노랑이들을 측은지심이 발동한 장인어른이 손수 데려옴. 장인어른이 등의 흰색이 많고 적음에 따라 소백이, 중백이, 대백이, 무백이라고 이름을 붙였으나, 앞에서 구분하기가 어려운 관계로 다들 그냥 노랑이들이라고 부름. 노랑이 중에 그나마 경계심이 덜해 사람 가까이 다가오는 녀석을 아들이 '새콤이'(소백이), 얼굴 전체에 카레가 묻은 듯한 녀석을 '달콤이'라고 이름 붙임. 다래나무집에 온 뒤로 녀석들은 땅콩수술한 오디를 엄마로 여겨 툭하면 오디의 빈 젖을 빨기도 했음.

삼순이

냥이가 '냥줍'한 고양이. 어느 날 오디가 산에서 아기 삼색이를 한 마리 데려왔는데, 이후 전적으로 오디에 의지해 이곳에서 생활함. 이름은 자연스럽게 삼순이가 되었고, 혼자 이곳의 일원이 아니라 객꾼이라 여기는지 다른 고양이와 별로 어울리지도 않고 밥도 따로 먹음. 언제나 보호자인 오디만 졸졸 따라다님. 이 모습이 꼴 보기 싫다며 앵두가 가끔 구석으로 데려가 혼을 냄. 카메라만 들이대면 도망치는 바람에 사진에서의 비중은 거의 없음.

아무, 거나, 몰라, 삼장

앵두가 낳은 사남매. 전반적으로 옅은색 고등어 무늬가 아무, 좀 더 짙은색 무늬가 거나. 온몸이 거의 흰색에 가깝고 이마와 꼬리에만 고등어 무늬가 있는 고양이가 몰라. 몰라는 등 아래쪽에 동그란 점이 있는 것이 특이한데, 꼬리를 위로 말아올렸을 때 우연히 물음표 꼴이 되는 바람에 이름도 '몰라'가 되었음. 삼장은 무늬가 심플하고 선명한 삼색이. 아무와 거나는 수컷이고, 몰라와 삼장은 암컷. 3세대 그룹인 이 녀석들은 2세대 보리, 귀리, 미리보다 사람에 대한 경계심이 더 많은 편임.

1

우연히
엄마가
되었습니다

"인생에 고양이를 더하면 그 합은 무한대가 된다."

●라이너 마리아 릴케

어느 비린 여름날. 길에서 세 마리의
아기고양이와 만났다. 역전에서 만난
라이더가 찻길에서 구조한 녀석들을
어렵사리 인계해 덥석 가슴에 안고
집으로 돌아왔다. 이제부터 그들과의
동고동락은 날마다 씌어질 것이다.

고양이가
당신 마음을 사로잡는 방법은
간단하다.
요 가련하고 오묘한
눈빛 하나면 된다.

사람과 사람 사이에 인연因緣이란 게 있듯 사람과 고양이 사이에도 묘연猫緣이란 게 있다. 그리고 그건 뜻하지 않게 찾아온다. 어느 여름밤(6월 초)의 일이다. 장마의 기운이 가시지 않아 아직 길섶에서 비와 풀이 뒤섞인 풀 비린내가 올라오는 그런 밤이었다. 산책이나 가자고 아내와 집을 나서는데, 달빛이 곱게 무논에 내리고 있었다. 이따금 개울가에서 반딧불이가 느린 궤적을 그리며 날아올랐고, 개구리 울음에 묻혀 가늘게 맹꽁이 소리도 울려 퍼졌다.

　잠시 동안의 산책만으로 이마에는 송글송글 땀이 맺히는 날씨였다. 한참을 걸어 역전에 이르렀을 때, 어디선가 묘한 울음소리가 들려왔다. 얼핏 삐약거리는 병아리 소리 같기도 했지만, 자세히 들어보니 그건 아기고양이 울음소리가 틀림없었다. 그 소리는 점점 더 가까이 다가오더니 역전 공터에서 멈췄다. 이상하다. 그곳에는 자전거 도로를 달려온 두 대의 자전거가 막 도착해 있을 뿐이었다.

아내와 나는 마치 무엇에라도 홀린 듯 소리가 나는 쪽으로 걸어갔다. 라이더 중 한 명은 가방을 가슴에 안은 채 엉거주춤 안장에 앉아 있었다. 그가 안고 있는 가방에서 나는 소리가 분명했다. "이건 고양이 소리 아닌가요?" 조심스럽게 나는 그에게 말을 붙였다. "아, 네. 오다가 큰길에서 구조했어요. 차도 다니고, 자전거도 다니는 위험한 도로인데, 이 녀석들이 나와 빽빽 울고 있더라고요. 저러다 큰일이 날까 싶어 데려왔어요." 그는 가방을 열더니 길에서 구조했다는 아기고양이를 보여주었다. 세 마리의 아기고양이였다. 삼색이, 고등어, 노랑이.

"원래 네 마리였는데, 오다가 만난 한 아저씨가 농장에서 키우겠다고 삼색이 한 마리를 데려갔어요." 그렇다면 가방에 남은 세 마리는 어찌할 생각인지. "저희가 경주와 울산에서 왔거든요. 이 녀석들을 거기까지 데려갈 수는 없고, 여기 역장님한테 맡기려고요." 내 생각에는 별로 좋은 생각이 아닌 듯했다. 어디서 이야기를 들었는지 몰라도 이곳의 역장이 고양이 한 마리를 거두어 밥을 주며 키운 것은 사실이지만, 그분은 얼마 전 다른 곳으로 전근을 가고 없다. 물론 그분이 자신이 키우는 턱시도 고양이까지 데려간 사실을 나는 알고 있다. 이따금 나도 이곳에서 간식을 주던 녀석이었다.

　새로 부임한 역장이 고양이한테 친절할지 알 수 없고, 설령 그렇다 해도 세 마리 아기고양이를 역에서 맡아줄 가능성은 거의 없어 보였다. 아내와 나는 서로 말이라도 맞춘 듯 라이더에게 말했다. "이리 주세요. 우리가 데려갈게요." 사실 이 녀석들을 평생 책임질 능력이 안 되는 건 우리도 마찬가지였다. 집에는 이미 다섯 마리의 고양이들이 있었기 때문이었다. 그렇다면 녀석들을 분양하는 게 최선의 방법이었다.

　아기고양이를 떠맡게 된 순간부터 산책이고 뭐고 엉망이 되어버렸다. 얼마나 오래 길에서 울고 있었는지는 알 수 없다. 분명한 것은 녀석들이 어미를 잃었고, 지금쯤 배가 몹시도 고플 거라는 거였다. 아내와 나는 산책을 접고 돌아가기로 했다. 역에서 흘러나오는 불빛에 아기고양이를 비춰보니 기껏해야 2~3주 정도밖에 안 돼 보이는 젖둥이 녀석들이었다. 솜털이 보송보송하고 조막만해서 세 마리를 양손에 다 올려놓아도 괜찮을 만큼 녀석들은 앳되고 앙증맞았다.

　아내 가슴에 한 마리, 내 가슴에 두 마리 고양이를 껴안고 우리는 집으로 향했다. 약 30분, 집으로 돌아가는 동안 녀석들은 가슴에서 빽빽거리며 울어댔지만, 기력이 없어서인지 점점 쇠약한 소리로 가슴을 파고들었다. 박스도 없이 세 마리의 고양이는 그렇게 가슴에 매달려 집으로 왔다. 집에 오자마자 녀석들을 내려놓았지만, 녀석들은 바들바들 떨다가 비틀비틀 걸어서 도로 내 품에 안겼다. 보아하니 아직 엄마 젖이나 먹어야 할 나이에 엄마와 떨어져 이곳에 온 거였다. 나는 고양이가 아플 때 주로 먹는 부드러운 캔 사료를 물에 개어 고양이들에게 내놓았다. 하지만 녀석들은 아직 음식을 먹을 줄 몰랐다.

손가락으로 일일이 찍어서 먹여줘야 겨우 입을 오물거리는 정도였다. 녀석들은 아직 물도 먹을 줄 몰랐다. 물 또한 손끝으로 찍어 먹여주어야만 했다. 고양이 분유라도 사서 먹여야 하지만, 이미 밤이 깊어서 내일을 기약할 수밖에 없었다. 낯선 집에 떨어져 불안한 고양이들은 계속해서 엄마를 불러젖혔다. 불안에 떠는 고양이는 이 녀석들뿐만이 아니었다. 모르는 고양이를 사람만큼이나 두려워하는 다섯 마리 집고양이들도 잔뜩 예민해져서는 저마다 구석으로 숨어버렸다.

이런 경계심 때문에 아기고양이와 집고양이가 머무는 공간을 서로 분리했지만, 양쪽 다 불안한 건 마찬가지였다. 어차피 아기고양이들이 입양될 때까지는 이곳에서 지낼 수밖에 없고, 어쩔 수 없이 집고양이들과 동거할 수밖에 없는 노릇이었다. 나는 고양이 방문을 열고 아기고양이를 담은 박스를 들여보냈다. 그렇잖아도 불안에 떨고 있던 다섯 마리 집고양

오디 (고등어)

앵두 (삼색이)

살구 (노랑이)

이들은 혼비백산 높은 선반을 찾아 도망쳤다.

　방 안에 암컷이 세 마리나 있었지만, 아무도 아기고양이들에게 관심을 보이지 않았다. 셋 중 한 마리만이라도 어미 노릇을 해주면 좋으련만, 다들 경계심과 공포에 사로잡혀 우엉우엉 괴상한 소리까지 질러댔다. 잔뜩 겁에 질린 아기고양이들도 저희들끼리 몸을 맞대고 두려움을 달래고 있었다. 여덟 마리의 고양이와 그것을 바라보는 나. 불안하고 불편한 밤은 그렇게 흘러갔다. 아침이 오자마자 나는 동물병원으로 달려가 고양이용 분유를 한 통 사왔다. 사료나 캔도 먹을 수 없는 아기고양이를 그대로 둘 수 없는 노릇이었다.

　젖병 한가득 분유를 타서 한 마리씩 입에 물리자 이 녀석들은 얼마나 굶었는지, 거의 환장을 했다. 젖병 하나가 모자랄 지경이었다. 그렇게 나는 기약 없는 고양이 엄마가 되었다. 오랜만에 포식을 한 터라 녀석들은 저마다 만족스러운 얼굴로 그루밍을 하더니 인간 엄마 품에서 새근새근 잠이 들었다. 포만감에 흡족해하는 아기고양이들과 달리 집고양이들은 못마땅한 얼굴로 아침부터 굴러 들어온 녀석들만 챙기는 집사를 노려보았다. 집고양이들에게 아기고양이들은 분명 반갑지 않은 손님이었다.

　아기고양이들과 집고양이들의 불편한 동거는 계속되었다. 분양을 하더라도 분유를 뗄 나이는 되어야 가능한 일이었다. 집고양이들은 여전히

으르렁거렸고, 나는 팔자에 없는 고양이 엄마 노릇을 하느라 정신이 없었다. 아기고양이의 경우 네 시간 간격으로 인공 수유를 해야 하고, 손으로 배를 쓰다듬어 배변까지 시켜야 하는 번잡함이 있었다. 그래도 나의 초보 엄마 노릇에 아기고양이들은 나만 보면 냥냥거리며 기어오르고 장난을 치고 어리광을 부렸다. 나 또한 녀석들의 재롱과 육묘 재미에 시간 가는 줄 몰랐다.

녀석들의 뱃구레는 날이 갈수록 커져서 젖병 한 통으로는 세 마리를 감당할 수가 없었다. 이때부터 하루 두 번 닭가슴살을 으깨어 분유와 섞어주기 시작했는데, 순식간에 음식이 동났다. 먹는 걸 잘 먹다 보니 하루가 다르게 녀석들은 쑥쑥 컸다. 갈수록 장난도 늘어서 툭하면 녀석들은 '우다다'를 선보였고, 집고양이가 보는 앞에서 싸움장난을 쳤다. 심지어 지나가는 큰 고양이에게도 와락 달려들어 장난을 걸어보았지만, 큰 고양이들은 누구도 받아줄 생각이 없었다. 결국 녀석들은 사람에게 매달릴 수밖에 없었다.

그동안의 경험으로 보건대 아무리 젖먹이 고양이라 해도 사람에 대한 경계심이 있기 마련인데, 이 녀석들은 그게 아예 없었다. 사람만 보면 달려와 안겼고, 툭하면 사람의 몸을 타고 머리끝까지 오르곤 했다. 특히 삼색이는 클라이밍이 취미인 듯했다. 내 발밑에서 시작한 클라이밍은 더

살구야 보이니?
여기가 장차 네가 살 곳이야!

오디, 앵두, 살구는 길에서 데려오던
날에도 가슴에 안긴 채 왔는데, 집에
와서도 툭하면 바지를 타고 가슴으로
올라왔다.

이상 오를 데가 없는 정상부 머리에 도착해야 끝이 났다. 머리에서 떼어 녀석을 바닥에 내려놓으면 녀석은 다시 모험심 가득한 눈으로 내 몸을 타고 오르기 시작했다. 노랑이는 명랑했고, 고등어는 용감했다.

그렇게 3주의 시간이 흘렀다. 입양할 곳을 찾아야 할 때가 점점 다가오고 있었다. 고양이 엄마 입장에서는 녀석들을 모두 거두어 키우고 싶었지만, 좁은 집 안에서 여덟 마리의 고양이를 키우는 건 무리였다. 그때 이런 사정을 누구보다 잘 알고 있던 처가에서 도움의 손길을 내밀었다. 세 녀석을 마당고양이(쥐잡이용으로 생각하신 듯)로 키우기로 결정한 것이다. 처가가 있는 곳은 오지나 다름없는 산골이어서 녀석들이 묘생貓生을 누릴 환경으로는 더할 나위 없이 좋은 곳이었다. 사실 처가에서는 우리 부부의 형편을 생각해 아들을 키워주고 계셨는데, 아기고양이들은 아들에게도 좋은 친구가 될 것만 같았다.

무엇보다 그리하면 정든 고양이들과 헤어지지 않아도 되는 거였다. 길에서 데려온 세 마리 아기고양이는 그렇게 새로운 보금자리를 얻었다. 고양이 엄마 노릇을 한 지 한 달이 되어갈 무렵, 나는 녀석들을 데리고 산골 처가로 향했다. 그리고 몇 년 전 아들을 맡길 때처럼 죄송한 마음으로 고양이 세 마리를 처가에 내려놓았다. 누구보다 아기고양이를 열광적으로 반긴 것은 아들 녀석이었다.

녀석은 하도 고양이를 안고 쓰다듬어서 거의 괴롭히는 수준이었다. 급기야 아기고양이들은 아들로부터 도망을 쳐 아들의 아빠이자 고양이 엄마인 내 품으로 피신을 오곤 했다. 하지만 녀석들의 새로운 엄마는 이제부터 장인어른이 될 것이었다. 나는 무슨 의식이라도 치르듯 가슴을 파고드는 녀석들을 한 마리씩 떼어내 장인어른에게 인계했다. 우악스러운 손으로 고양이를 받아든 장인어른이 드디어 고양이 엄마가 되는 순간이었다.

누구에게나
빛나는 어린 시절이
있었다.

고양이 엄마 노릇도 쉽지 않다.
처음 세 마리 고양이를 데려왔을 때만
해도 녀석들은 비틀비틀 잘 걷지도 못하
더니 이제는 제법 안정된 자세로 젖병을
들고 분유를 마신다. 아기고양이 시절에
는 하루하루가 다르다.

더 오를 데가 없다. 아기고양이 클라이밍의 끝.
(보자 보자 하니까 이 녀석 머리 꼭대기까지 기어오른다)

당신 마음에 잠시 앉았다 가겠습니다.
그래도 괜찮죠?

장마는 기약 없고,
여긴 아깽이가 제철입니다.

이 인간을
인질로 잡고 있다.
지금 당장 내려놓지 않으면
이 무시무시한 입으로
손등을 핥아줄 테다.

나의 미모를
전국에 알리지 마라.

고양이는 사랑의 묘약猫藥.
곁에만 두어도 힐링이 된다.

힘겨운 너의 첫발을 응원한다.
힘내라 아깽이!

귓가에 지저귀는
고양이.

누구나 가슴에 고양이 한 마리쯤
있는 거잖아요.

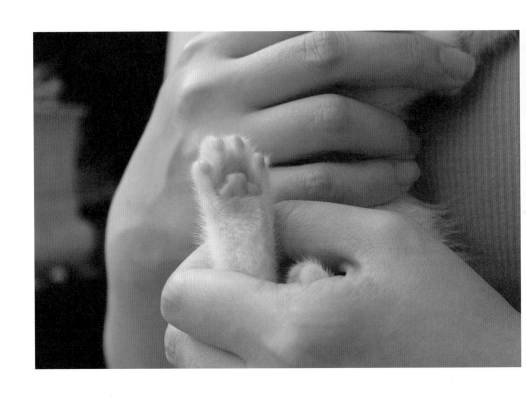

핑크젤리.

초코젤리.

외로운가요?
당신에게
고양이를 권합니다.

앵두와 아들의 첫 만남.
초면인데도 둘 다 거부감이 없다.

고양이들 사이에
이런 소문이 돌고 있다.

"애절한 눈빛으로
5초만 바라봐!
그럼 바로
먹을 게 떨어진다니까."

아기고양이의 시간은 빠르게 지나간다. 엄마 젖을 먹던
조막만한 아깽이가 그루밍을 하고 돌아서면 훌쩍 커버린
성묘가 되는 것처럼.

캬아, 물맛 좋다!
역시 물맛은
장독 뚜껑에 담긴 물이
최고지.

이 아이는 커서

이렇게 됩니다.

2

고양이는
최고의
친구가
될 수 있습니다

"고양이는 사람에게 최고의 친구가 될 수 있다.
그러나 고양이는 이를 인정하기 위해 자세를 낮추지 않는다."

●더그 라슨

아들이 아기였을 때부터 고양이는
친숙하고 당연한 동물에 가까웠다.
녀석이 태어나 집으로 왔을 때, 현관
앞에서 가장 먼저 인사를 나눈 녀석
도 다섯 마리의 집고양이였다.

아들과 고양이들이
방충망을 사이에 두고 놀고 있다.
아이도 고양이도
노는 거 참 좋아한다.

오지나 다름없는 외딴 산골에 자리한 처가는 식구들끼리 '다래나무집'이라 부른다. 아무래도 내가 보기엔 이곳이 '다래나비집'이 될 날이 머지않아 보인다. 세 마리 고양이는 다래나무집에 완전히 입양되기 전에도 세 번의 주말을 이곳에서 보내는 적응기를 지낸 적이 있다. 주말마다 아들을 만나러 가는 길에 고양이도 동행을 했다. 말이 동행이지 고양이들에겐 그것이 고행이었을 거다. 주말마다 고양이 세 마리는 차 트렁크에 실려 삐약거렸고(야옹 소리보다는 병아리 소리에 더 가까웠으므로), 멀미깨나 했더랬다.

꼭 그렇게까지 적응기를 가질 필요는 없었다. 사실은 다른 이유가 더 컸는지도 모른다. 집 안에 있는 다섯 마리 고양이를 위한 작은 배려라고

나 할까. 세 마리 아기고양이가 온 뒤로 집고양이 다섯 마리는 그야말로 스트레스가 이만저만이 아니었다. 평상시 대부분의 집고양이가 높은 선반에 올라가 시간을 보내곤 했는데, 두어 마리는 그곳에 아예 진을 치고는 밥도 굶고 화장실도 참았다. 일주일에 이틀만이라도 집고양이들에게 자유와 평화의 시간을 주고 싶었다. 결국 한 달 만에 아기고양이가 떠났지만, 집고양이들은 아쉬워하는 기색은커녕 속이 후련하다는 반응을 보였다. 다섯 마리 고양이 모두 아기고양이가 떠난 뒤에 안정을 되찾았고, 훨씬 명랑한 모습을 보여주었다.

다래나무집에 떨어진 세 마리 아기고양이는 또 다른 적응이 필요했다. 이것이 구조된 고양이의 어쩔 수 없는 운명이기도 했다. 공간의 동물이기도 한 고양이에게 '삶의 장소'가 익숙해질 때까지는 어느 정도의 시간이 필요했다. 태어난 지 한 달이 약간 넘은 아기고양이들을 마당에 곧바로 풀어놓는 것은 위험이 따르는 일이었다. 무엇보다 이곳은 산중이라 산짐승이 부단히 오가는 곳이기도 했다. 아무래도 한 달 정도 실내 적응을 거쳐 마당에 내놓는 것이 좋을 듯싶었다. 당분간 세 마리 아기고양이의 집은 별채로 쓰던 창고(예전 사람이 살던 건물)로 결정되었다.

세 녀석을 창고에 부려 놓고 식구들은 한 번 더 둘러앉았다. 고양이의 이름을 짓기 위함이었다. 녀석들의 이름을 짓는 데는 어려움이 없었다. 주변에서 만나는 열매나 과일을 이름으로 하자고 합의했기 때문이었다. 그래서 정해진 이름이 고등어는 오디, 삼색이는 앵두, 노랑이는 살구다. 다래, 모과, 버찌도 후보(잠시 샤갈이나 칸트처럼 고상한 이름이 후보로 올라오기도 했으나 뜬금없어 보였고, 이곳에 어울리지도 않았다)에 올랐으나 오디, 앵두, 살구가 더 살가워 보였다. 물론 이름을 짓는 과정에서 이제 고작 34개월밖에 안된 아들 녀석은 배제되었다. 말을 배운 지 얼마 안 되는 녀석에게 작명을 맡길 수는 없는 노릇이었다. 하지만 오디, 앵두, 살구라는 이름이 무척 마음에 드는지 곧바로 고양이들에게 달려가 이름을 불러주었다.

사실 아들에게 고양이는 친숙하고 당연한 동물에 가까웠다. 녀석이 태어나 집으로 왔을 때, 현관 앞에서 가장 먼저 인사를 나눈 녀석도 집고양이였다. 한동안 고양이들은 아기 방문이 열리면 우르르 몰려와 아들 녀석을 구경하곤 했다. 아들도 재미있다는 듯 고양이들과 눈을 맞추곤 했다. 특히 랭보는 아들의 울음보가 터지기라도 하면 근심스러운 얼굴로 나에게 와서 '아기가 울고 있어. 어서 가봐!'라고 냥냥거리며 일러주곤 하였다.

아들은 거의 1년 가까이 고양이들과 어울려 살았다. 그때는 그렇게 어울려 사는 것이 당연한 것인 줄 알았을 게다. 아들이 처가로 내려간 뒤 2년 정도 공백기가 있었지만, 다시 고양이를 만나게 된 아들은 스스럼없이 고양이에게 다가갔고, 당연한 듯 고양이를 쓰다듬고 고양이와 놀았다. 오지의 자연 속에서 살던 아들에게는 갑자기 세 마리의 친구가 생긴 셈이었다. 고양이 입장에서는 '저런 성가신 녀석'이라 여겼을지 모르지만, 이래저래 고만고만한 녀석들이 어린 시절을 함께 보내는 것도 나쁘지 않을 것이었다.

하지만 실내에 갇혀 적응기를 보내던 고양이들은 답답함을 참지 못해 종종 창문을 통해 탈출을 시도했다. 적응이 끝날 때까지는 밖으로 나가지 못하도록 임시 철망까지 설치했지만, 녀석들은 기어이 그것을 넘어 바깥을 기웃거렸다. 처음 2주간은 철망에 '스파이더 캣'처럼 매달리거나 간신히 철망을 넘었지만, 3주차에 접어들면서 녀석들은 자유자재로 안팎을 넘나들었다. 적응기를 다 채울 필요도 없이 저희들끼리 '다래나무집'에 대한 적응을 대충 마친 셈이다. 따라서 실내에 가둬놓는 것도 별 의미가 없어졌다. 한 달을 채울 이유 없이 고양이를 가두었던 창고 문이 활짝 열렸다.

고양이들은 물 만난 고기처럼 다래나무집을 뛰어다니기 시작했다. 창고에서 집까지 '우다다'를 선보이는가 하면, 장독대에 즐비한 항아리를 하나씩 뛰어오르며 장난을 쳤다. 장독대 인근의 벚나무와 자작나무를 하루에도 몇 차례 오르내렸고, 툭하면 신발끈을 잡아당겨 멀쩡한 신발을 이상한 모양으로 만들어놓았다. 다래나무집에 온 지 한 달도 안 돼 고양이

실내 적응이랄 것도 없이 밖으로 나와버린
고양이들. 넓은 마당과 장독대, 뒷산과 골짜
기가 이제 녀석들의 영역이다.

들은 이곳의 색다른 '영역'과 '사람'에게 완벽히 적응한 듯했다. 장인어른이 녀석들 밥을 주러 나가면 어느새 앵두가 달려와 가는 길을 막고, 오디는 그 옆에서 발라당을 하고, 살구는 밥 주는 장인어른의 등을 타고 올라가기도 했다.

오디, 앵두, 살구 모두 '개냥이'(개처럼 사람을 잘 따르는 고양이라는 뜻) 처럼 상냥했다. 그러나 녀석들이 34개월 된 아들을 대하는 태도는 약간 달랐다. 밥을 주지도 못할 뿐만 아니라 이따금 몹쓸 장난을 치는 '철없는 녀석'으로 생각하는 듯했다. 그래도 아들이 집 밖으로 나오면 고양이들은 '그래, 예의상 우리가 좀 놀아주지 뭐' 하면서 줄레줄레 따라다니곤 했다. 아들이 앞장서고 고양이가 뒤따르는 모습은 그야말로 그림과 같았다. 하지만 언제 녀석이 고함을 치거나 넘어지거나 돌발행동을 할지 몰라 고양이들도 경계심을 늦추지 않았다. 친구인 듯 친구 아닌 친구 같은 사이라고나 할까.

이래저래 아들에게는 고양이 친구, 고양이에게도 어린 사람 친구가 생긴 거였다. 어차피 오지나 다름없는 이 시골에 아들의 친구가 있을 리 없었다. 아들은 밭둑의 풀과 산의 나무와 길가의 꽃들과 함께 자랐다. 아프리카 속담에 "한 아이를 키우려면 온 마을이 필요하다"는 말이 있다. 외딴 산골에서는 온 자연이 필요하다. 도시의 아이들이 무수한 자동차를 구분하고 그 많은 이름을 술술 외울 때, 아들은 갖은 나무와 풀 이름을 읊조

리며 만족했다. 도시의 아이들이 능숙하게 엘리베이터를 타고 횡단보도를 건널 때, 아들 녀석은 꽉꽉한 산길을 걸어 산책을 하고 달을 가리키며 집으로 돌아왔다.

전용 소꿉놀이터인 장독대에서 아들이 봉숭아 꽃잎으로 밥을 만들고, 민들레꽃으로 반찬을 만들고 있을 때면 어김없이 고양이들이 나타나 냥냥거렸다. 아들의 문제는 언제나 소꿉장난으로 만든 밥과 반찬을 고양이에게 먹이려 했던 것인데, 그럴 때마다 고양이들은 혼비백산 달아나곤 했다. 아들에게는 문만 열고 나오면 고양이 친구들이 있었다(고양이들에게는 늘 집 안에 장난꾸러기 한 마리가 살고 있었지만). 특히 황토방 마루에 남겨둔 매트리스(엄마가 초등학교 시절부터 쓰다가 아들에게 대물림한)는 이제 고양이 차지가 되었다. 고양이는 밤이고 낮이고 그곳에서 시간을 보냈다.

아들과 고양이는 툭하면 방충망을 사이에 두고 만났다. 고양이들은 동물원 들여다보듯 방 안을 들여다보았고, 방 안의 아들은 그런 고양이들에게 수시로 장난을 쳤다. 파리채를 방충망에 대고 올리거나 아무 막대기를 가지고 낚싯대처럼 흔들었다. 고양이들은 그게 뭐라고, 아들의 장난에 장단을 맞추었다. 별것도 아닌 것을 잡으려고 방충망을 타고 오르거나 세 마리가 한꺼번에 방충망에 매달려 '거미줄에 걸린 나비' 같은 포즈를 취했다. 지나가던 할아버지는 고양이 발톱이 끼어 방충망 틈이 벌어진다며

등에 업혀서라도
고양이를 만져보겠다는 아들.

마당고양이를 위해 장인어른이 직접 제작한 캣타워. 투박해 보이지만, 장인어른의 마음이 보이는 선물이 아닐 수 없다. 고양이에 무관심했던 마음이 이렇게 하루아침에 달라질 줄 나도 미처 몰랐다.

꾸지람을 했지만, 방충망에 걸린 고양이를 보며 아들과 나는 배꼽을 잡고 웃은 적이 한두 번이 아니다.

밤에도 고양이들은 방충망으로 모여든 나방을 잡으려고 툭하면 뛰어올라 발톱이 걸리곤 했다. 가까스로 잡은 나방을 불빛 앞에 앉아 냠냠거리며 먹어치우는데, 문제는 이튿날 아무렇지도 않게 그 입으로 아들의 팔목이며 손등을 핥아준다는 것이다. 젖먹이를 거두어 키워서 그런지 녀석들은 유난히 사람을 잘 따랐다. 싫든 좋든 아들과도 제법 잘 어울렸다. 어쨌든 아들도 밖으로 나오면 고양이를 먼저 찾았다. 한번은 아들이 커다란 소리로 고양이를 불렀다. "오디야 오디니?" 34개월 된 아들이 이런 말장난을 할 줄이야.

녀석이 이 말을 꺼낸 뒤로 "오디야 오디니?"는 다래나무집의 최대 유행어로 자리잡았고, 여름이 끝날 때까지도 그 유행은 계속되었다. 장모님이 "살구는 여기 살구!"를 유행어로 밀어붙여 보았지만, 그건 잠깐 유행하고 말았다. 이래저래 유행어에서 앵두는 찬밥이었다. 하지만 얼마 뒤 앵두에게는 근사한 닉네임이 따라붙었다. 앵두아네트다. 역사 속 인물처럼 경박하진 않지만 닭가슴살을 유난히 좋아해서 앵두는 "사료가 없다고? 그럼 닭가슴살을 먹으면 되지"라는 어록을 남길 뻔했다.

스파이더캣.
세 마리 고양이의
실내 거주는
녀석들이
창문에 설치한 철망을
수시로 타고 넘는 바람에
금세 끝나버렸다.

이곳에서는 고양이 낚싯대가 필요 없다.
긴 풀줄기 하나만 있으면 된다.

"고양이들은 어떤 사람이 자기들을 좋아하고
어떤 사람이 자기들을 싫어하는지 알고 있다.
하지만 그런 사실에 별로 상관하지 않는다."
-위니프레드 카리에르

앵두가 아들 볼에 뽀뽀를 한다.
아들과 고양이는
이렇게 서로 거리를 좁히고
가까워졌다.

마당고양이들은 언제나 잡초를 뽑고 있는 사람을
좋아해서 그 옆에 있으려고 한다. 이유는 간단하다.
잡초를 뽑을 때마다 녀석들의 사냥감인 메뚜기며
귀뚜라미 등 날벌레가 튀어나오기 때문이다.

아들아, 고양이 엉덩이 냄새를 맡는 건 좀…….
고양이들이 아들을 대하는 눈빛에 전혀 경계의
기색이 없다. 그렇게 친구가 되어간다.

아들의 산책길에 고양이도
따라나선다. 산골에 친구가 없어서
아들에겐 고양이 삼남매가
유일한 친구이다.

친구와의 동행.

시골고양이의 특권 중 하나는
자작나무나 감나무, 은행나무 등을
캣타워 혹은 스크래처로
사용할 수 있다는 것이다.

텃밭의 야채를 담아 나르는 바구니가 '고양이
바구니'로 변신했다. 바구니를 '득템'하려는
세 마리 고양이의 치열한 신경전. 바구니 하나
가 사이좋던 삼남매를 이간질시켰다.

"사료가 없다고?
캔을 먹으면 되지.
캔이 없다고?
닭가슴살을 먹으면 되지."

−앵두아네트 어록

장독대의 쓰임새가 다양해졌다. 마당고양이들
에게 장독대는 캣타워이자 물그릇 노릇을 한다.
날씨가 좋으면 좋은 대로 올라가 그루밍을 하
고, 비가 온 뒤에는 물을 마시러 또 올라간다.
그리하여 다래나무집 장독대를 나는 '냥독대'라
이름 지었다.

아들이 가는 곳에 그림자처럼 언제나 고양이가
있다. 각자 다른 행동을 하다가도 어느 순간 같은
놀이를 즐기기도 한다.

고양이가 놀라운 점프력을 이용해 항아리 위로 뛰어
오르는 게 부러웠던 아들. 기어이 시루항아리 위로
올라가 앉았다.
(할아버지한테 혼나기 전에 어서 내려와!)

안으려는 자의 음흉한 미소와 뭔가 낌새를 챈
고양이의 의심스러운 시선과 그걸 바라보는
나의 즐거운 마음.

"이것 좀 먹어볼래?"
채식을
권하는
아들.

당신을 위한
위로 목록에
고양이를
맨 위에 올려도 좋다.

곤드레냥드레.
한여름 무더위에 지쳐
업어가도 모를 정도로
잠에 취한 고양이들.

"자세히 보아야 예쁘다
오래 보아야 사랑스럽다
너도 그렇다"
-나태주 〈풀꽃〉

'풀꽃' 대신 고양이를 넣어도 좋다.

"자라나는 아이들에게 올바른 경험을 할 기회를 주자.
아이들은 동물 곁에서 자라면서 동시에
동물을 대하는 태도를 배우게 된다. 동물을 가까이 하며
자란 아이들은 커서 동물을 친절히 대할 줄 알며
사랑과 동정을 지닌 사람이 된다."
-제인 구달

설정샷,
"그 입 다물지 못할까?"

맛있는
살구네 찹쌀떡.

가만히 손을 내밀어 보세요.
고양이가 당신의 손에 살며시
앞발을 올려놓는다면 당신을
무척 신뢰한다는 뜻이에요.

고양이란 존재가 의문투성이지만,
그중 하나는 이거다. 왜 하필 넓은
곳 다 놔두고 좁고 걸려 넘어질 염
려까지 있는 가랑이 사이를 지나
가야만 하는 걸까.

어쩌다 지구에서 고양이로 살게
된 살구와 어쩌다 지구에서 인간
아기로 살게 된 아들 녀석이 지금
여기서 이 순간을 함께한다는 것
만으로도 엄청난 '인연'인 것이다.

3

고양이
액션 스쿨에
오신 걸
환영합니다

"고양이는 꼭 사진 찍기 불가능할 때만 가장 기묘하고 흥미롭고 아름다운
포즈를 취한다. 그래서 고양이 달력에는 실망스럽게도 항상 대중용 포즈뿐이다."

●J.R. 코울슨

아들은 조금 더 자랐고,
고양이는 훨씬 더 자랐다.

인생에 대해 중요한 무언가를
배우고 싶다면 고양이와 함께하라.
-제임스 올리버 크롬웰

오디, 앵두, 살구의 마당고양이 적응은 간단했다. 창고에서 나온 순간부터 녀석들은 마당고양이였다는 듯 마당고양이답게 행동했다. 어느덧 계절은 여름의 끝을 지나 가을로 넘어가고 있었다. 폭염이 기승을 부리던 여름에 녀석들은 시원한 그늘을 찾아 뒷산에도 가고, 장독대에도 가고, 도랑을 기웃거리기도 하였다. 녀석들의 영역은 점차 넓어져서 다래나무집 일대와 뒷산을 모두 자신들의 땅으로 만들었다. 개를 여러 마리 키우는 산 아랫집 쪽을 제외하면 녀석들은 이 골짜기에서 못 가는 곳이 없었다.

하지만 아침에 문을 열고 나오면 어김없이 세 마리의 고양이는 문 앞에 얌전하게 앉아 있었다. 잠시 보이지 않아 녀석들 이름을 차례로 부르면 수풀 속에서, 장독대 그늘에서, 마루 밑에서 쉬다가 쏜살같이 달려오곤 했다. 달려와서는 누가 먼저랄 것도 없이 발라당을 하며 쓰담쓰담을 청했다. 고양이들은 주인장이 가는 곳이면 어디든 졸졸 따라다녔다. 배추밭에 갈 때도, 오이밭에 갈 때도, 뒤란의 그늘자리에 놓은 표고목에 버섯이 올라왔나 보러 갈 때도 녀석들은 버섯목을 타 넘어 다니며 뒤를 따랐다. 땅콩 수확을 하거나 고구마를 캘 때면 같이 땅을 파면서 밭에서 시간을 보냈다.

잡초를 뽑을 때에도 언제나 곁에는 고양이가 있었다. 그것도 반경 1미터 안에 세 마리가 진을 치고 있는데, 이유는 간단했다. 풀을 헤칠 때 여기저기서 튀어나오는 메뚜기며 귀뚜라미를 사냥하려는 거였다. 녀석들의 사냥 실력은 날이 갈수록 세밀해지고 대담해졌다. 쥐를 사냥하는 것은 예사이고, 땅속을 돌아다니며 고구마나 우엉을 작살내는 농작물의 천적 두더지도 곧잘 사냥했다.

몇 차례 찬비가 내리고서야 산골에도 가을이 깊었다. 날이 시원해지자 고양이들은 살판났다는 듯 다래나무집을 날아다녔다. 뛰어다닌다는 표현으로는 부족할 정도이고, 왜 녀석들을 '나비'라 불렀는지 알 것 같은 모습이었다. 심지어 장독대에서 된장이나 간장이라도 뜨고 있을라치면 녀석들은 저쪽에서부터 항아리와 항아리 사이를 무슨 징검다리 뛰어넘듯 풀쩍풀쩍 딛고 날아왔다. 항아리가 빼곡하게 진열된 장독대는 아예 고양이 놀이터가 되었는데, 나는 이곳을 '냥독대'라 부르기에 이르렀다. 그러

방금 수확한 땅콩을 씻고 있는데,
굳이 그 물을 마시겠다는 고양이.
살구야, 네 땅콩도 조심하렴.

나 녀석들이 항아리를 뛰어다니다가 뚜껑을 깰까 살짝 걱정도 되었다. 이 골짜기에서 걱정 없이 사는 건 고양이들밖에 없었다.

장독대 앞에 자리한 세 그루의 자작나무는 세 마리 고양이의 캣타워 노릇을 톡톡히 하고도 남았다. 녀석들은 집으로 들어오는 진입로(고양이들의 우다다 트랙)에서 신나게 우다다를 하다가 꼭 자작나무를 타고 오르는 것으로 마무리를 했다. 사실 녀석들의 우다다는 관전의 묘미가 있었다. 우다다 트랙에는 온갖 액션과 활극이 난무했고, 표정 하나 동작 하나 놓칠 수가 없었다. 여기에는 태권도와 씨름과 유도와 쿵푸의 싸움 기술은 물론 요가와 체조의 기묘한 자세가 모두 등장했다. 나도 서너 번 구경한 적이 있는데, 탄성과 박수가 절로 나왔다. 고양이 액션 스쿨, 고양이 촬영소가 따로 없었다.

저렇게 날랜 것을 보면 야생의 상위 포식자 면모가 보이는 것도 같고, 사람만 보면 발라당에 쓰담쓰담을 요구하는 것을 보면 한없이 귀여운 반려동물의 모습도 역력했다. 오디, 앵두, 살구는 우리 식구들만 잘 따르는 것이 아니었다. 한번은 겨우내 사용할 연탄을 임시 천막창고에 나르느라 정신이 없는 연탄 아저씨 앞에 녀석들이 버젓이 발라당을 시도해 아저씨가 적잖이 당황하셨다. 또 한번은 TV 수신 상태가 안 좋아 기사가 방문했는데, 고양이들이 모두 달려들어 기사의 다리에 부비부비를 하는 통에

눈길에서도 발라당을 멈출 수 없다는 살구.
아들의 눈 장난에도 녀석은 아들의 뒤를 하루
종일 따라다닌다.

아저씨가 진땀을 흘린 적도 있었다.

　장모님이 보내온 문자로는 이런 일도 있었다고 한다. 장인어른이 미용실 가는 수고를 덜기 위해 아들을 마당에 앉혀놓고 머리를 깎기 시작했단다. 아들에게 빨간 보자기를 씌울 때부터 이상한 조짐이 보이기 시작하더니 갑자기 고양이들이 몰려와 보자기를 잡아당기더라는 것이다. 곧이어 한 녀석은 아들의 발가락을 물고, 또 한 녀석은 할아버지 다리 사이를 비비며 지나가고, 이건 뭐 머리를 깎는 건지, 곡예를 하는 건지 모를 지경이었다고. 나중에 보니 머리는 쥐 파먹은 모양이 되어서 아들은 울고, 장모님은 깔깔거리고, 고양이는 또 보자기를 물어 달아나고, 그런 난리가 없었다고 한다.

　이런 난리를 치다가도 어느새 고양이들은 채반에 올라앉아 잠들거나 바구니에 들어가 해바라기를 하고 있었다. 햇볕을 받아 따뜻해진 항아리 뚜껑 위에서 그루밍을 하기도 했다. 산골짜기의 가을은 짙은 안개와 함께 저물었다. 안개는 산 아래 저수지에서 골짜기를 타고 다래나무집까지 올라와 시야를 잠식했다. 이른 아침 문을 열고 보면 골짜기는 '몽유도원도'가 따로 없었다. 고양이 삼총사도 이런 안개가 처음인지 항아리를 하나씩 차지하고 앉아 안개를 구경하곤 했다. 때로는 희미한 안개 속에서 녀석들이 갑자기 튀어나왔다가 순식간에 그 속으로 사라지기도 했다. 가끔은 아들 녀석도 고양이와 함께 안개에 파묻히는 놀이를 즐겼다. 이때까지만 해도 녀석들은 이 안개가 모두 서리가 된다는 사실을 까맣게 몰랐다.

겨울은 가을이 끝나기도 전에 기습적으로 찾아왔다. 하필이면 11월 중순에 폭설이 내렸다. 눈이 오자 신이 난 건 아들과 고양이들이었다. 할아버지는 아침부터 눈을 쓸어내느라 정신이 없었고, 고양이들은 빗자루와 넉가래를 쫓아다니느라 여념이 없었다. 아들 녀석은 공터가 넓은 눈밭을 만날 때마다 드러누워 설원의 자유를 누렸다. 고양이들은 생애 첫 겨울, 생애 첫눈을 약간 들뜬 모습으로 받아들였다. 추위에 움츠러들기보다는 호기심이 충만해 있었다. 아들은 아들대로 신이 나서 해서는 안 될 장난까지 서슴지 않았다. 이를테면 눈뭉치를 잔뜩 만들어 발라당을 하는 고양이 배 위에 눈덩이 테러를 가했다. 워낙 순식간에 벌어진 일이라 고양이는 피할 겨를도 없이 당했다.

그래도 고양이들은 얼렁뚱땅 제멋대로 눈사람을 만드는 아들 옆에서 따뜻한 구경꾼이 되어주기도 했다. 아들이 심심할까 봐 자리를 지켰고, 가끔 찬바람에 얼었을 가랑이도 비벼주었다. 삼총사 고양이의 첫 겨울은 길고도 혹독했다. 하지만 거듭된 한파에 녀석들은 부쩍 약아졌다. 쓸데없이 눈밭을 돌아다녀 봐야 발만 시리다는 것을 녀석들도 깨달은 것이다. 삼총사는 겨우내 부엌 다용도 창고에서 살았다. 녀석들에게 허용된 공간

고양이와 함께한 아들의 어린 시절.
그 시간들을 담아 꾹 셔터를 누른다.
때로는 무심하게 지나쳤을지도 모르
는 소중한 순간들.

설날에 아들이 고양이들에게 세뱃돈을
주겠다며 고양이 소시지를 나눠주었다.
어느덧 아들은 다섯 살이 되었다.

중에서는 이곳이 가장 따뜻한 곳이었다. 사실 이곳은 과거에 쥐똥과 쥐오줌 냄새가 진동하던 장소였다.

하지만 고양이가 이곳에 진을 치기 시작하면서 쥐들은 흔적조차 찾을 수 없게 되었다. 애당초 장인어른이 이 고양이들을 들였을 때만 해도 쥐잡이가 목적이었다. 그런데 지금은 본연의 임무와 관계없이 녀석들의 애교와 장난을 보는 것만으로도 미소가 떠나지 않는다. 심지어 녀석들은 식구들이 단체로 외출을 했다가 돌아올 때면, 집 앞에 나란히 앉아서 반가운 세레머니를 하거나 단체 발라당을 선보이곤 했다. 그러면 경상도 출신인 장인어른은 야야 궁디 절로 치아라, 툭툭 발로 고양이 사이를 헤치면서도 입가에 알 수 없는 미소를 띠곤 하는 거였다.

〈고양이 액션 스쿨〉
태권도, 쿵푸, 유도, 씨름.
원하는 대로
가르쳐드려요.

고양이 말리는 중.
고양이는 이렇게 채반에 내다 말려야
노릇노릇 잘 마른다.

고양이를 좋아하는 사람은 예쁜 아내를 얻는다.

-프랑스 속담

(자 그럼 이제 예쁜 아내를 보여달라고?)

통하였느냐.
손과 손.
마음과 마음.

좌오디
우살구.

강아지풀은 최고의 고양이 낚싯대.
일본에서는 이 강아지풀을 고양이가 좋아하는
풀이라고 '고양이풀'이라 부른다.

"여기선 다 이렇게 마셔요!"
물그릇에 가득 물을 떠놓아도
이곳의 고양이들은 장독 뚜껑에 고인
'감로수'를 더 좋아한다.
그래서 이 부적절한 자세로 불편하게
물 마시는 것을 감수한다.

일찍 일어난 고양이가 배고프다.

너에게 이 하트를 보낸다냥!
맘씨 좋은 사람에게만
보이는 하트다냥!

세상에 대해 관대해지는
가장 확실한 방법은
사랑에 빠지는 것이다.

아들이 이틀에 걸쳐 예술혼을 불살라
완성한 눈고양이. 오디를 모델로 만들
었다고 하는데, 어딜 봐서? 무심하게
옆을 지키는 살구와 오디도 '쟤는 이틀
째 저기서 뭐하냐'는 표정이다.

밤새 폭설이 내려 설국으로 변한 아침,
네 마리의 짐승(세 마리 고양이와 아들)만이
신이 나서 통제 불능의 발자국을 찍으
며 돌아다닌다.

아들 녀석이 어디선가 몰래 제조해온
눈뭉치를 발라당하는 살구의 배에 투척했다.
졸지에 눈덩이를 뒤집어쓴 살구의 망연자실한
눈빛은 상상에 맡기겠다.

살구는 눈뭉치를 던져주면
한참이나 가지고 논다.

오래 눈밭을 싸돌아다닌 살구의 시린
발을 장갑 낀 손으로 꼭 잡아줬더니
녀석은 따뜻한지 만족한 표정으로 가
만히 누워 계속 만져달란다.

오래오래 고양이를
품에 안을 수 있는 확실한 방법이 있다.
끈 달린 모자만 있으면 된다.

이 세상을 고양이주의자로
산다고 해서 모든 것을 전지적 고양이시점으로
바라봐야 한다는 뜻은 아냐.

고양이가 눈밭에서 무언가에 열중하고 있습
니다. 좀 더 가까이 다가가 봤습니다. 믿을 수
없군요. 눈뭉치를 만들고 있었습니다. 물론
사람이 만들 듯 정교한 모양은 아닙니다만.
어디에 쓰려는 걸까요? 어쩌면 간식도 없이
사진이나 찍는 나에게 던질 눈뭉치일지도 모
릅니다. 안에 돌이 들어 있을지도.

내가 이 구역의 된장냥이다!
된장독에 올라앉은
이 녀석이 바로 된장냥이.

하품 1초 전의
이 괴상야릇한 표정이
나는 좋다.

세상의 변두리에서
고양이를 외치다.

"트리플 액셀쯤은
가볍게 뛸 수 있지만,
오늘은 별로
뛰고 싶은 기분이 아니야."

고양이는 우리에게
세상의 모든 일에 목적이 있는 건
아니라는 것을 가르쳐주고
싶어 한다.
-게리슨 케일러

종종 장난으로 시작한 싸움이 진짜 싸움이
되곤 한다. 집사들 사이에선 고양이 싸움에
손등 터진다는 말이 있다. 고양이 싸움을 말
리다가 공연히 피를 볼 수 있다는 뜻이다.

망연자실, 모든 걸 내려놓은 듯한 이 자세,
좀 좋다. 뱃살까지 내려놓은 것이 살짝 안쓰
럽긴 하지만…….

당신에게 고양이.
"고양이의 사랑을 받는 것보다
더 큰 선물은 없다"(찰스 디킨스)고 했지.

가지 마.
오디 녀석은 쓰다듬거나 만질 때마다
두 손으로 매달리듯 꼭 붙잡고
'가지 마' 자세를 취한다.
어릴 때부터 성묘가 된 후에도
한결같이 취하는 자세.

나 보기가 어여뻐 가실 때에는,
사뿐히 만져주고 가시옵소서.

어린 농부와
고양이.

4

복잡미묘한
비밀이
있습니다

"세상에 평범한 고양이는 한 마리도 없다."
● 콜레트

그루밍 섬데이(Grooming someday).

유난히 길었던 겨울이 가고 봄이 찾아왔다. 장독대와 텃밭 주변에는 노란 민들레꽃이 만발했고, 은방울꽃과 금낭화, 솜방망이도 여기저기 꽃을 피웠다. 초봄에는 진입로의 생강나무 꽃과 미선나무 꽃이 벙글었고, 약간의 간격을 두고 벚꽃과 복사꽃이 만개했다. 한번은 생강나무 꽃이 탐이 나서 내가 노란 봉오리에 카메라를 들이대자 앵두는 모델 노릇이 익숙한지 나무에 올라가 포즈를 취했다. 벚꽃이 피었을 때는 살구가 기꺼이 모델이 되어주었다. 누가 시키지 않아도 녀석들은 봄냥이 화보 촬영에 적극적으로 임했다. 오디 녀석이 살짝 뺀질거리기는 했지만, 누구도 녀석들에게 협조요청을 보낸 적이 없는지라 내 앞에서 얼씬거릴 이유는 없었다.

봄이 되면서 삼총사 고양이 사이에도 변화의 조짐이 보였다. 이른바

'발정기'를 맞아 두 마리의 수컷이 힘겨루기를 시작한 것이다. 처음에는 그저 토닥거리는 수준이었지만, 점점 더 싸움은 격렬해졌다. 사실 어려서부터 싸움으로는 오디에 맞설 상대가 없긴 했다. 그건 지금까지도 유효한 것이어서 대체로 오디와 살구가 싸우면 살구가 꼬리를 내리는 편이었다. 한 배에서 태어난 형제임에도 싸울 때만큼은 봐주는 게 없었다. 시간이 지날수록 살구는 영역에서 밀려나 텃밭 하우스에 따로 밥그릇을 놓아야 할 지경에 이르렀다.

봄이 깊어갈수록 앵두의 배가 불러왔다. 아빠 고양이가 누구인지는 알 수가 없었다. 뒤편 산 아랫집에도 지난여름부터 쥐잡이용 마당고양이(꼬리 짧은 노랑이)를 한 마리 들였는데, 봄 들어 여러 번 앵두는 녀석과 어울리기도 했다. 하지만 늦은 봄(5월) 앵두가 세 마리의 고등어 새끼를 낳았을 때, 우리는 대체로 아빠가 '오디'라는 것에 이의를 달지 않았다. 다래나무집에 새로운 생명이 태어났다. 앵두는 이곳에 처음 와 실내 적응기를 보냈던 창고에서 안전하게 출산했다. 꼬물꼬물 아기고양이들은 일주일 만에 눈을 떴고, 쥐눈이콩 같은 눈을 반짝이며 어미 품을 파고들었다.

짙은 빛깔의 고등어 녀석은 보리, 귀 양쪽에 두 갈래 고등어 무늬가 있는 녀석은 귀리, 고등어 무늬가 주로 아래쪽에 몰린 아이는 미리(밀)라 이름 붙였다. 보리와 귀리는 수컷이고, 미리만 암컷이다. 새로 태어난 녀

앵두가 엄마가 되었습니다.

석들은 사람이 부르면 달려오고, 사람들에게 언제나 살갑게 구는 오디, 앵두, 살구와는 성격이나 태도가 모두 달랐다. 녀석들은 아기고양이 때부터 밥을 주는 사람에게까지도 경계심을 발동했다. 오디, 앵두, 살구가 전적으로 자신들의 생존과 안위를 사람에게 의지해야 했던 반면, 새로 태어난 녀석들은 어미가 모든 걸 해결해주기 때문에 사람에 대한 기대가 거의 없었다. 그렇게 세 마리 아기고양이는 앵두에 의지하며 쑥쑥 자랐다.

그 무렵 예기치 않은 일들이 연달아 벌어졌다. 5월 말이었을 거다. 아내와 산책을 가려고 집을 나서는데, 마을회관 앞에서 아기고양이 우는 소리가 들렸다. 사실 이 울음은 새벽에도 간간 들리던 소리였다. 새벽부터 밤까지 여기서 울고 있었던 거다. 녀석은 구세주라도 만났다는 듯 우리가 나타나자 앞길을 가로막고 입이 찢어져라 울어젖혔다. 이 근처에 사는 아주머니에 따르면 지난밤에도 녀석이 그렇게 울더라는 것이다. 녀석의 몸집을 보아하니 아직 독립할 나이도 멀어 보이는 젖먹이였다.

젖먹이를 내다버리는 어미는 없다. 어젯밤부터 울고 있었다면 어미에게 변고가 생긴 게 틀림없었다. 게다가 녀석은 손만 내밀었을 뿐인데, 어느새 가슴팍까지 안겨서 떨어질 생각이 없었다. 산책이고 뭐고 물거품이 되었고, 우리는 녀석(젖소냥이)을 품에 안은 채 집으로 돌아왔다. 역시 이 녀석도 집에서 키울 형편은 안 되었다. 집고양이 다섯 마리는 벌써부

엄마를 잃고 울던 녀석(앙고)을 세 마리 아기
고양이의 엄마인 앵두에게 맡겼다. 첫날은
서먹하더니 이튿날부터 앵두는 앙고를 챙겨
젖까지 먹였다.

터 낯선 고양이 냄새를 맡고는 불안에 떨기 시작했다. 방문을 닫아 분리를 했음에도 집고양이는 불안감으로 밥도 안 먹었다.

처가인 다래나무집에도 이제는 여섯 마리의 마당고양이가 있으므로 선뜻 그곳에 데려갈 수도 없었다. 역시 입양밖에는 별 도리가 없었는데, 이번에도 처가에서 먼저 손을 내밀었다. 앵두가 새끼들에게 젖을 먹이고 있으니, 이 녀석을 받아줄 수 있지 않겠느냐는 거였다. 일주일 후 나는 길에서 데려온 젖소냥이를 데리고 다래나무집으로 향했다. 앵두가 육아 중인 창고 한편에 이 녀석을 내려놓고 살펴보니, 앵두도 새끼들도 딱히 관심을 보이지 않았다. 그렇다고 하악거리며 적대감을 드러내지도 않았다. 첫날은 그렇게 지나가버렸다.

그리고 이튿날 아침 믿을 수 없는 풍경이 펼쳐졌다. 어제 데려다놓은 젖소냥이는 마치 한 달 전부터 이곳에 있었다는 듯 다른 새끼들과 어울렸고, 심지어 새끼들과 함께 앵두의 젖을 빨고 있었다. 앵두도 천연덕스럽게 자기 새끼인양 녀석에게 젖을 물리고 있었다. 젖소냥이는 대묘관계도 좋고, 넉살도 좋아서 아무 사람이나 큰고양이한테 갖은 애교와 발라당을 선보였다. 어찌됐건 잘 보여서 이곳에 눌러앉으려는 계산이 깔려 있었다. 이 고양이의 이름 짓기는 다섯 살 된 아들에게 맡겼는데, 일고의 고민도 없이 즉석에서 '앙고'라는 이름을 지어버렸다. 그래서 녀석의 이름은 졸지에 어떤 유래나 의미도 없는 '앙고'가 되었다.

앙고는 보리나 귀리, 미리와는 달리 사람을 좋아해서 창고를 개방하고 밖에서 살게 되었을 때도 언제나 사람이 드나드는 현관에 와 있곤 했다. 그러다가 집안에서 누군가 나오기라도 하면 녀석은 무조건 달려가 다리를 비비고 앞길을 막은 채 발라당을 했다. 이런 넉살과 애교 때문에 앙고는 순식간에 다래나무집의 인기 고양이로 등극했다. 아들 또한 밖으로 나오면 어김없이 따라다니는 앙고의 사교성 때문에 녀석과 가장 친한 사이가 되었다. 한번은 아들 녀석이 물총놀이를 하러 밖으로 나왔는데, 앙고만 열심히 따라다니는 거였다. 다른 고양이들은 덥다고 그늘에 들어가 쉬고, 공연히 앙고만 다섯 살 아기를 접대하다가 물총세례를 맞았다. 물총을 맞고도 녀석은 줄레줄레 아들 뒤를 따랐다. 오죽하면 할머니는 앙고를 보고 "저게 안 짖으니 고양이지, 짖으면 개여, 개"라고 했을까.

앵두의 육묘기간 중에도 오디와 살구는 툭하면 싸웠다. 제법 큰 싸움이 벌어진 뒤에는 어김없이 살구가 야산으로 피신해 며칠씩 못 내려오곤 했다. 만나면 싸움질인 오디와 살구의 중성화수술이 급해 보였다. 우선 쉽게 포획할 수 있는 오디부터 수술을 하기로 했다. 하루는 녀석을 잡아 가까운(차로 40분) 동물병원으로 데려갔는데, 수컷인데도 수술비만 18만 원이 나왔다. 출혈이 컸다. 그동안 내가 사는 지역에서 여러 번 고양이 중

항아리에서 10년 넘게 숙성된 간장을 뜨는 날, 앙고가 구경을 나왔다. 장독 뚜껑에 올라간 적은 많아도 그 속을 본 적이 없는 녀석은 마냥 신기한 표정으로 간장독을 구경하고 있다. 이 간장으로 미역과 쇠고기를 넣고 들들 볶다가 미역국을 끓이면, 참 기가 막힌 맛이 난다.

성화수술을 시켜보았지만, 이런 경우는 처음이었다. 장차 다른 고양이들도 수술을 해야 하는데, 이런 비용이라면 엄두가 나지 않았다.

이런 와중에 새로운 소식이 들려왔다. 아랫동네 방앗간 고양이가 네 마리 새끼를 낳았는데, 유기될 위기에 처했다는 거였다. 방앗간에서 당장 내다 버린다는 말에 측은지심이 발동한 장인어른이 덥석 이 고양이들을 구조해온 것이다. 노랑이만 네 마리. 갑자기 다래나무집에 고양이가 넘쳐나기 시작했다. 1세대 마당고양이 세 마리, 앵두가 낳은 아기고양이 세 마리, 밖에서 구조해온 앙고와 네 마리의 노랑이. 모두 열한 마리(그중 여덟 마리나 길에서 구조한 녀석들이다)나 되었다. 앵두의 반응은 앙고가 왔을 때와는 사뭇 달랐다. 경계심을 보이지는 않았지만, 젖을 먹일 생각은 전혀 없어 보였다.

노랑이들이 엄마로 삼은 존재는 따로 있었으니, 바로 중성화수술로 '땅콩'이 없는 오디였다. 노랑이들은 이곳에 온 뒤로 그렇게 오디를 따라다녔다. 아마도 녀석들의 어미가 고등어였을 것으로 추정될 뿐, 다른 이유를 찾을 수 없었다. 녀석들은 그냥 따라다니는 것에 머물지 않고 오디가 눕기라도 하면 기다렸다는 듯 빈 젖을 빨았다. 오디 또한 나오지도 않는 빈 젖을 노랑이들에게 물리고는 체념한 듯 눈을 감았다. 노랑이들이야 그렇다 치고 오디의 마음을 알 수가 없었다. 나중에는 녀석의 젖꼭지가

아들 녀석이 앞에 앉은 앙고에게
또봇 물총의 성능과 비거리,
배낭형의 장점에 대해 설명해보지만……

냥이(오디)가 산에서 냥줍한 삼순이는 이곳에 온 지
한 달여가 지나서야 다른 고양이와 조금씩 어울리
기 시작했다.

다 헐 지경이었다. 중성화수술을 했다고 성별이 바뀌는 것도 아닌데, 이게 뭔 일인지.

황당한 일은 이뿐만이 아니었다. 오디가 어느 날 새끼 삼색이를 한 마리 데리고 들어온 것이다. 흔히 사람이 고양이를 길에서 데려오는 것을 '냥줍'이라 표현한다. 믿기 어렵겠지만, 이건 고양이가 냥줍한 것이 아닌가. 오디가 데려온 삼색이를 가장 못마땅하게 생각한 건 앵두였다. 지아비가 암컷을 데려온 것에 대한 질투가 컸던 셈이다. 다른 고양이 식구들도 썩 반기지 않는 기색이었다. 삼색이도 그것을 아는지 처음에는 오디가 있을 때만 밥을 먹고, 오디 옆에서만 잠을 잤다.

아마도 이토록 가족구성원이 복잡한 다묘 가정도 흔치 않을 것이다. 오디, 앵두, 살구는 길에서 왔지만 어미가 같은 한 가족이고, 보리, 귀리, 미리는 앵두가 낳은 새끼들이다. 이건 뭐 별로 특별할 것도 없다. 여기에 길에서 데려온 앙고, 방앗간에서 데려온 노랑이들, 오디가 냥줍한 삼순이까지 가세하면서 다래나무집의 사정이 복잡미묘(복잡다묘?)해졌다. 이렇게 서로 다른 출생의 비밀을 간직한 고양이들이 한곳에 어울려 산다는 것(실내 보호소도 아니면서) 자체가 나에게는 굉장히 이채롭고, 황당한 일이었다.

민들레꽃으로 고양이를 꽃냥이로
변신시켜보겠습니다. 뭐 이런 꽃
같은 경우가…… 다 있습니다.

장독대 주변이 온통 민들레꽃이다. 고양이가 민들레 꽃밭을
거니는 모습 따위 이곳에서 흔하게 만나는 풍경이다.

이렇게 노랗게 민들레꽃이 피었는데,
아직도 돌아오지 못한 사람들이 있습니다.
이제 그만 돌아오세요.

진정한 고요함은
앉아 있는 고양이 안에
존재한다.
-쥘 르나르

벚꽃이 좋다.

고양이가 좋다.

벚꽃이 필 무렵이면 고양이는
어디에 앉아 있든 환상적인
모델이 된다.

봄바람에
실려 오는 향기가
벚꽃 냄새만은
아닌 것이다.

벚꽃 몇 송이만 올려두어도
밥상머리가 운치 있어진다.

시골고양이에게는
자연이 든든한 배경이다.

지구 정복 따위 귀찮으니까
우리는 그냥 여기서 똥꼬나 핥기로 한다.

길에서 구조한 앙고 녀석,
넉살 좋게 세 마리 아기고양이들 틈에 끼어
앵두의 젖을 먹고 있다.

고양이 오디에게
강제로 화관을 씌워보겠습니다.
"자 얼굴 들어!"

아들 녀석이
앵두에게도 씌우자며
클로버꽃을 몇 개 더
가져왔군요.

고등어 한 바구니.

보리(왼쪽),
귀리(오른쪽),
미리(가운데).

앵두가 아기고양이들에게 시범까지 보이며 나무타기를 가
르치고 있다. 하지만 정작 제 아기들은 딴청을 부리고 앙고
만 열심히 수업을 받고 있다.

어릴 때 가장 크고 막강한 존재였던
엄마가 그저 작고 슬픈 존재라는 것을
알게 될 때쯤 너는 성묘가 되어 있을
것이다.

와락.
어릴 때 친구가 평생 간다.

잠이 온다.

잠이 온다.

잠이 온다.

오늘은 학예회가 있었다.

텃밭에서 상추며 고추, 오이, 호박
등을 실어 나르는 바구니의 용도
가 어느 때부터인가 고양이 놀이
터로 바뀌었다.

방충망에 걸린 나비. 일주일에 한 번
시골에 내려가 늦잠이라도 잘라치면
어김없이 고양이가 방충망에 매달려
아침잠을 깨운다.

"해가 중천에 떴는데, 밥 안주냥!"

고양이가 당신의 마음을 사로잡는 방법.
그냥 고양이라는 것만으로 충분하다.

나한테는
거부할 수 없는 두 가지가 있다.
그건 고양이와
아기고양이다.

고양이를 나비라 부르는 데에는 다 이유가 있다.
날개 없이도 잘만 난다.

할아버지와 손자가 함께 고양이 낚시를 하고
있다. 풍류를 아는 감성 고양이들은 낚시꾼을
가리지 않는 법.

다섯 살 강태공이 추천하는 낚시터 명당.

"여기서 내가 고등어를 몇 마리 잡았는데,
모두 월척이었죠."

여름이 한창,
나무에서도 듬성듬성 고양이가 자라고 있다.

수컷인 오디는 왜 방앗간 노랑이들의 보모
노릇을 하는 건지 참 미스터리하다.
툭하면 노랑이들은 오디의 빈 젖까지 물고
가슴에 파묻혀 잠까지 잔다.

주말 오후,
솔로와 커플의 차이.

고양이는 어디 앉아 있어야
그림이 되는지 기막히게 알고 있다.
하지만 그것을 실행에 옮길 때는
언제나 카메라가 없을 때이다.

즐겁게 춤을 추다가
그대로
멈춰라?

아들의 물총에 추가된 기능이 있다.
고양이가 마실 물을 채워놓는 것이다.

마당고양이들은
종종 아들의 고민을 들어주는
상담묘 노릇도 한다.
"무슨 고민이다냥?"

1년 전만 해도 잡초 뽑는 현장에
늘 오디, 앵두, 살구가 있었다면,
요즘에는 앙고가 대기하고 있다.
녀석은 잡초 뽑던 손을 내밀면
언제라도 하이파이브를 해준다.

산에서 고라니를 처음 본 아기
고양이가 친구들에게 고라니
가 얼마나 큰지에 대해 열심히
설명해보지만⋯⋯,
다들 관심이 없다.

"쩨쩨하게 굴지 말고
가슴을 쫙 펴라."
-노래 〈사노라면〉

고양이는 가끔 이해할 수 없는 이상한 행동을 하곤 하는데,
종종 자신들조차도 왜 그런지 모를 때가 대부분이다.

머리끄덩이 잡고 싸우는 폼이
아침드라마가 따로 없네.

아무것도 하지 않는 것도 능력이다.
고양이의 가장 큰 능력 중 하나는
아무것도 하지 않는 것이다.

"스텝이 엉키면
그것이 탱고예요."
-영화 〈여인의 향기〉

옛말에 '냥수레냥수거'라는
말이 있지. 이게 무슨 뜻인고
하면, 음, 좋은 뜻이야!

5

고양이와
함께
살고 있습니다

"고양이는 고양이의 명예를 걸고 그 무엇에도 도움이 되지 않기로 작정한
것처럼 보인다. 개를 보면 숲을 산책하고 싶지만, 고양이를 보면 빈둥거리고 싶어진다.
개가 1차적 동물이라면 고양이는 2차적 동물이다."

● 미셸 투르니에

고양이에게 개를 기대해선
안 된다. 개처럼 복종하는
고양이를 원했다면 당신은
곧 실망하게 될 것이다.

새로 태어난 아기고양이(삼장)가
실내를 벗어나 바깥나들이를
시작했다.

다래나무집 열두 마리 고양이의 왕초는 오디다. 오디는 자신의 권위에 도전하는 2인자 살구를 경계해 툭하면 영역 밖으로 쫓아낼 뿐, 다른 고양이들에게는 대체로 관대한 편이다. 왕초씩이나 되어서 오디는 졸지에 네 마리 노랑이의 어미고양이 역할도 맡았다. 수컷이 어미고양이 노릇을 하려니 기껏해야 빈 젖을 물리는 수밖에 도리가 없지만, 본연의 역할인 왕초로 돌아오면 녀석은 제법 위풍당당한 모습으로 위엄을 보인다. 특히 아침마다 영역을 둘러보는 산책을 할 때면 앵두와 삼순이(오디가 데려온 삼색이를 삼순이라 불렀다)를 제외한 여덟 마리 고양이가 줄지어 오디를 따라붙는다.

여덟 마리 졸병을 데리고 영역을 시찰하는 왕초 고양이의 모습은 상상만 해도 입꼬리가 올라간다. 이렇게 왕초 앞에서 질서정연하던 녀석들도 배고픔은 참을 수가 없는 모양이다. 아침 급식 시간이 조금이라도 늦을라치면 고양이들은 일제히 현관 앞에 모여서 시위를 한다. 이건 숫제 피켓만 흔들지 않을 뿐이지 영락없는 시위다. 다래나무집 고양이들의 가장 행복한 풍경은 아침 급식이 끝난 뒤의 모습이다. 밥을 먹고 난 뒤 고양이들은 저마다 안락한 장소에 널브러져 저마다의 자세로 그루밍을 하거나 쉰다(밤새 쉬었을 텐데 또 쉰다).

그야말로 각양각색이다. 꼭 인간세계의 빵장수, 때밀이, 요가강사, 씨름선수, 사냥꾼, 명상가, 심지어 유치원생까지 한꺼번에 보는 듯하다. 다른 건 몰라도 노랑이들이 나란히 앉아 있을 때면, 병아리색 옷을 입은 유치원생을 꼭 닮았다. 뒤늦게 다래나무집에 온 노랑이들은 본래 있던 고양이들과 2~3주 만에 친해졌다. 그래도 잠을 잘 때면 확실히 파벌이 나뉘는 걸 볼 수 있다. 보리와 귀리, 미리 그룹과 노랑이 그룹은 자는 곳이 서로 달랐고, 가끔은 저희들끼리만 '작당모의' 같은 걸 하곤 했다.

양쪽 그룹에 다 속하지 않은 앙고는 평상시에는 두루 친하게 지내지만, 결정적인 순간에는 양쪽에서 모두 소외돼 외톨이가 되었다. 같은 외톨이인 '삼순이'조차 앙고와는 어울릴 생각이 없어 보였다. 이곳의 고양이와 수월하게 친해진 노랑이들이지만, 녀석들은 정작 다래나무집 사람

아들의 소꿉놀이터. 오미자, 구기자,
도토리, 멀꿀열매, 질경이, 토끼풀 등
(계절마다 메뉴가 달라짐)을 전시하고 있는
데, 툭하면 지나가는 고양이를 불러
이것을 먹이려고 한다.

들을 멀리했다. 그렇다고 이곳 주인장이 먹이를 주니 무조건 멀리할 수도 없었다. 말 그대로 불가근불가원(不可近不可遠, 가까이할 수도 멀리할 수도 없는)의 관계라고나 할까. 아마도 녀석들이 섣불리 사람에게 다가갈 수 없는 건, 방앗간 시절에 사람들에게 적잖은 미움과 괄시를 받아온 까닭이리라.

다래나무집 식구들마다 노랑이들을 부르는 이름도 제각각이었다. 무리 중에 그나마 사교성이 있어서 가까이 다가오는 녀석을 나는 노랑1이라 불렀고, 친밀도에 따라 노랑2, 노랑3, 노랑4로 불렀다. 아들 녀석도 자주 보는 노랑1에게만 '새콤이'란 이름을 붙여주었다. 반면 할아버지는 등의 흰색 분류법으로 새콤이는 소백이, 얼굴 전체에 카레가 있는 녀석에게는 무백이, 등에 흰색이 가장 많은 녀석에게는 대백이, 중간 정도 되는 녀석은 중백이라 불렀다. 하지만 각자가 부르는 이름이 있다 해도 노랑이들을 한눈에 구분하기란 쉽지가 않아서 평상시에는 그저 '노랑이들'로 불릴 때가 더 많았다.

노랑이보다 경계심을 더 보이는 쪽은 삼순이였다. 오디가 데려온 탓인지 삼순이는 언제나 오디 곁에만 찰싹 붙어 있었다. 잘 때도, 쉴 때도 오디 옆에 껌딱지처럼 붙어 있었다. 먹을 때도 삼순이는 눈치를 봤다. 사람의 눈치라기보다는 이곳 고양이들의 눈치를 그렇게 봤다. 딴에는 다른 고양이와 달리 자신은 굴러들어 온 객이라 생각했던 모양이다. 해서 밥을 먹을 때도 언제나 다른 고양이가 다 먹고 난 뒤에야 혼자서 식사를 했다. 반면 앙고는 넉살이 좋아서 이쪽이든 저쪽이든 끼워주지 않아도 잘만 어울렸고, 특유의 사교성으로 사람들에게까지 사랑받았다. 사람이 가는 곳이면 늘 그 옆에 앙고가 있었다.

다시 찾아온 가을. 뜻밖의 출산 소식이 기다리고 있었다. 앵두가 두 번째 출산으로 네 마리의 새끼를 낳은 것이다. 세 마리의 고등어와 삼색이. 옅은색 고등어는 아무, 짙은색 고등어는 거나, 등짝 아랫부분에 동그란 점이 있어 꼬리를 감고 있으면 물음표처럼 보이는 몰라, 전형적인 삼색이 삼장. 오디는 중성화수술을 했고, 살구는 오디가 무서워 하우스에 왔다가 밥만 먹고 사라지는데, 아빠가 누구인지 궁금할 따름이었다. 뒤편의 '산아랫집' 노랑이일 가능성도 없지는 않았다. 예상하지 못한 출산이라 해도 아기고양이들이 이 세상에 온 이상, 그들을 박대할 수 없는 노릇이었다.

이제 다래나무집의 고양이는 열여섯 마리가 되었다. 그중에 앵두가 낳은 일곱 마리를 제외한 아홉 마리는 길과 산과 방앗간에서 구조돼 이곳으로 왔다. 열여섯 마리 가운데 살구는 오디의 지나친 경계로 며칠에 한 번 모습을 보일 뿐, 이제는 거의 식객이 되었다. 중성화수술을 한 뒤에도

올 것이 왔다.
아들이 드디어 고양이를 집합시키는
방법을 알게 되었다.

오디의 '공격성'은 좀처럼 사그라들지 않았다. 다른 고양이들에게는 나오지도 않는 빈 젖까지 물리는 녀석이 왜 살구한테만 저렇게 매정한 것인지. 심지어 녀석은 땅콩도 없으면서 새로 태어난 아무, 거나, 몰라, 삼장에게도 아빠 노릇을 했다. 수시로 찾아가 형편을 살피고, 어미고양이의 노고도 대신했다.

아기고양이들이 몸집을 불려 실내를 벗어나자 기다렸다는 듯 녀석들은 천방지축 뛰어다녔다. 이 녀석들 또한 다른 고양이들과는 잘 어울리면서도 윗대에 태어난 보리, 귀리, 미리처럼 사람에 대한 경계심을 드러냈다. 그래봐야 사람과 2~3미터 거리를 두는 거지만, 그것조차 섭섭한 건 어쩔 수가 없었다. 녀석들과 친해지기 위해 나는 자주 낚싯대로 놀아주고, 나뭇가지로 장난도 치고, 간식으로 눈도장도 찍었다. 아랑곳없이 녀석들은 그것을 당연하게 받아들였다. 집 앞의 장독대는 자신들을 위한 놀이터로 여겼고, 창고까지 이어진 진입로는 우다다를 하기에 더없이 좋은 트랙으로 생각했다.

앵두는 아기고양이를 데리고 다니며 전에 없이 사냥연습을 시켰다. 특히 밭둑이나 길섶의 쥐구멍을 찾아 쥐를 잡는 실전을 여러 차례 선보였다. 얼마나 맹연습을 시켰던지 장독대 둔덕의 쥐구멍 하나는 아예 길이 나도록 앞발을 집어넣어 반들반들해졌다. 쥐가 사라져서 가장 기뻐한 것

고양이들은 어떻게 하면 노력 없이
음식을 얻을 수 있는지, 어떻게 하면
편안한 보금자리를 얻을 수 있는지,
어떻게 하면 대가없는 사랑을 받을
수 있는지 잘 알고 있다.

—W.L. 조지

이런 아침엔 자욱한 안개 속에서 연신
고양이가 뛰쳐나온다 해도 이상할 것이
없다.

똥꼬발랄,
천방지축,
좌충우돌.

은 장인어른이었다. 작년에 쥐 때문에 땅콩농사를 망친 적 있는 장인어른은 이번에 고양이들 덕분에 땅콩을 커다란 포대로 한 자루나 수확했다며 좋아하셨다. 녀석들은 쥐만 사냥하는 것이 아니었다. 귀뚜라미며 사마귀, 메뚜기를 잡아서는 현관 앞에 선물로 두기도 했다. 한번은 고구마와 감자 밭을 절단 내던 두더지를 고양이가 잡아서 장인어른의 시름을 덜어주기도 하였다.

오디와 앵두, 살구가 어릴 때만 해도 아들과 친구처럼 잘 놀더니 이제는 좀 컸다고 살짝 거리를 두고 있다. 아랑곳없이 철없는 아들은 고양이에게 엉뚱한 우정을 요구하곤 했다. 천고마비의 계절에 아들 녀석은 갖은 열매를 따서 장독대(항아리 예닐곱 개 정도를 전용 소꿉놀이터로 사용하고 있다)에 늘어놓고는 고양이들을 불러 강제로 먹이려 했다. 대체 왜 고양이한테 구기자와 오갈피를 먹이려고 하는 건지. 한번은 토끼풀과 질경이를 먹이려고 시도한 적도 있다. 고양이들은 기겁하며 도망을 쳤고, 이런 행동이 반복되자 고양이들은 아들만 보면 슬슬 꽁무니를 뺐다.

그래도 마지막까지 아들과의 우정을 지키려 애쓴 고양이는 앙고였다. 물론 그런 맹목적인 의리 때문에 한번은 아들 녀석이 건넨 도토리를 무심코 입안에 넣었다가 앙고가 낭패를 본 적이 있었다. 사실 지난봄에도 작은 해프닝이 있었다. 하우스에서 아들이 꽃삽에 민들레꽃을 따 모으

요즘 아기고양이들이 쥐 잡는 재미에 빠
져 있다. 시골집 주변을 샅샅이 뒤지는
것도 모자라 뒷산까지 올라가 쥐를 잡아
온다. 잡아와서는 쥐의 의사와는 상관없
이 한참이나 가지고 논다.

더니 불쑥 앵두에게 건넸다. "자 먹어! 꽃밥이야." 당당한 아들의 행동과 순간 황당한 앵두의 표정이 교차되었다. 나는 웃었고, 웃을 수 없는 앵두는 내 뒤로 숨었다. 요즘 들어 고양이들이 자신을 피한다는 사실도 모른 채 아들은 종종 황토마루에 달린 풍경을 흔들며(이걸 녀석은 '고양이종'이라 불렀다) '고양이들아 모여라'를 외쳐댔다. 녀석은 스스로를 고양이학교 선생님이라 불렀지만, 언제나 고양이들이 원하는 선생의 모습은 아니었다.

고양이종만 흔든다고 고양이들이 떼지어 몰려오던 시대는 갔다. 아들도 그것을 눈치챈 것일까. "고양이들이 다 컸어. 밥을 잘 먹더니 다 자랐네. 그래서 안 오는 거야. 나는 밥도 잘 먹는데, 왜 어른이 안 되고 작은 거야. 에휴!" 그러자 아내가 돌아서서 "작기는, 다섯 살이 아홉 살로 보이는구먼"이라며 큭큭 웃었다. 나는 가끔 아들에게 고양이와의 공존에 대해 말하곤 했다. 이 세상은 함께 살아가는 거라고. 사람과 고양이, 사람과 나무, 사람과 지구가 함께 살기 위해서는 그들을 괴롭혀서는 안 되고 친구처럼 사이좋게 지내야 한다고.

고양이한테 나뭇잎이나 나무 열매를 줘서는 안 된다는 말도 덧붙였다. 그럴 때마다 아들은 되물었다. "왜 안 되는데!" 아직 녀석과 공존에 대한 심도 있는 대화가 불가능하므로 그건 시간을 두고 차근차근 설명해주기로 했다. 그래도 녀석은 고양이가 어디에나 존재하는 동물이고, 그 동물에게 사람이 밥을 주며 돌봐야 하는 것 정도는 알고 있다. 가끔 자신이 먹는 구름빵(모닝빵을 녀석은 구름빵이라

불렀다)을 나눠주겠다고 고양이들을 불러 모으는 것을 보면 한편으로 대견하기

도 하다.

아무, 거나, 몰라, 삼장.
새로 태어난 아기고양이는
엄마고양이 앵두에 비해
경계심이 심한 편이다.

"인간은 바쁘니까 고양이가 알아서 할게!"
고양이 낚싯줄이 끊어져 일주일째 못 놀아줬더니
나뭇가지로 저희들끼리 셀프 낚시하며 놀고 있다.

가을이 되니 길 위에 고양이들이 우수수 떨어져 있다.

이산가족 상봉이라도 한 건
가, 감격스러운 포옹 장면
인가 했더니 반전이 있었
다. 서로 멱살잡이를 하는
것도 모자라 목을 물고 상
대를 내동댕이쳤다.

"손님 머리
감겨 드릴게요.
목에 힘은 빼세요."

수련의 길은 멀고도 험하도다.
-묘림사

그늘막 위
검은 그림자의 정체는?

"느그 아부지 모하시노?"

모든 동물 중에 고양이만이
명상적 삶에 도달하였다.
-앤드류 랭

장난삼아 강아지풀로 고양이 낚시를 하다 보면 어쩐지
내가 낚였다는 느낌이 들곤 한다. 고양이들의 이 순진
무구한 눈빛을 보면 더더욱. 녀석들이 인간 낚시를 하
고 있다는 느낌.

이 녀석 아예 〈고양이의 보은〉을
찍는구나. 빗자루 쥐여주면 마당
이라도 쓸 기세야, 아주.
이따가 마트 갈 건데, 이참에 카트
도 밀어주겠니?

"된장 있어요. 고추장 있어요.
아이고, 아줌마 오늘은 간장이 물이 좋아.
이 깻잎 한번 잡숴봐!
어이 거기 새댁도 이리 좀 와봐!"

빨랫대에 쥐돌이를 매달아 보았습니다.

고양이의 간식시간.
아들과 아내는 종종 고양이들이 좋아하는 식빵과
모닝빵을 마당고양이들에게 나눠주곤 한다.

아들의 산책길에 고양이 앵두와 앙고가 따라나섰습니다.
산책을 하다 말고 아들이 흙장난을 하자 앵두가 다가가 '어서 가자'고
설득을 합니다. 걷는 건지 노는 건지 모를 오후의 산책길에
고양이가 있어서 더욱 산만합니다.

너는 가고 나는 우네.
다시는 이 구역에 얼씬거리지 마라.

이거 먹고 쑥쑥 자라서
훌륭한 고양이가 되거라.

창고 문짝은 이렇게
아깽이 전용 스크래처가
되어간다.

마당고양이가 열 마리 이상이면
연출하지 않아도 순간순간이
마당극이다.

하늘은 높고 고양이가 살찌는
천고묘비의 계절.
천천히 빨래가 말라가고,
고양이의 시간도 아이의 시간도
느리게 흘러간다.

기어오르지 말라고 했지.

이맘때 자작나무가 참 좋다. 거기에 고양
이라도 몇 마리 올라앉아 있으면 적요한
마음이 가랑잎처럼 화르락거린다.

오늘은 종일 뒤란의 은행나무 극장에서
고양이쇼가 펼쳐집니다.
꽃가루 대신 은행잎을 뿌려도 좋습니다.
골짜기를 기웃거리는 가을은 그냥 가라지요.

아무도 안 보는 줄 알고
신나게 막춤 추고 놀고 있었는데,
으윽,
인간이 저쪽에서 보고 있었다.

우리 모두를
이 세상에 있게 해준 세상의 모든
어머니, 고맙습니다.
와락!

꼬리를 잡다가 놓쳤을 때는 마치
원래부터 손을 들어 올려 '파이팅'을
외치는 것처럼 행동하면 돼!
(좋아, 자연스러웠어)

아깽이들아! 춥다.
옷깃 여미고 다녀라.

6

어느새
냥독대가
되었습니다

"고양이 동거인들은 잘 알겠지만,
고양이를 소유하고 있는 사람은 아무도 없다."

●엘렌 페리 버클리

고양이는
알면 알수록
알 수 없는 존재다.

익숙함에 속아
고양이의 소중함을 잃지 마라.

고양이도 자라고 아이도 자란다. 오디, 앵두, 살구가 처음 다래나무집에 왔을 때만 해도 아들은 말을 제대로 하기 시작한 지 얼마 되지 않았고, 사실 똥오줌도 가리지 못해 기저귀를 차고 있던 34개월짜리 아기였다(거짓말처럼 아들은 고양이가 이곳에 온 지 얼마 뒤에 기저귀를 뗐다. 할머니가 고양이는 어린데도 저렇게 똥오줌을 잘 가린다고 귀에 딱지가 앉도록 이야기하자 아들이 자극을 받은 듯하다). 하지만 아들은 이제는 다섯 살이 되었고, 겉모습만 보면 초등학생이 아니냔 소리도 자주 듣는다.

고양이가 자라는 속도는 더욱 빨라서 1세대인 오디, 앵두, 살구는 사람 나이로 치면 스물네 살(고양이 나이 환산에 따르면 두 살은 사람 나이 스물네 살, 한 살은 열다섯 살 정도)이나 되었다. 고양이는 확실히 나이가 들어갈

모든 것이 꽝꽝 얼어붙은 겨울,
고양이들에게는 얼지 않은 물
한 그릇이 사료만큼이나 반갑다.

수록 호기심이 줄어든다. 팔이 빠져라 낚싯대를 흔들어대도 반응을 보이는 것은 가장 나중에 태어난 아기고양이들뿐이다. 태어난 지 3개월 이내의 고양이들은 낚싯대가 아니라 나뭇잎만 흔들어도 깨춤을 춘다. 녀석들은 가랑잎만 바스락거려도 엉덩이를 들썩이고, 새가 날아만 가도 꺄르르 꺅꺅 채터링(사냥감을 보고 흥분해서 내는 소리)을 한다. 하지만 청년고양이에 이르면 바스락거리니까 가랑잎이지, 눈앞에 없는 새를 어쩌라고, 하면서 주변에 둔감해진다. 환경에 둔해지고, 사람이 귀찮아지면 가히 성묘가 되었다 말할 수 있다.

다래나무집에 마당고양이가 들어온 뒤로 두 번째 겨울이 찾아왔다. 오디와 앵두는 경험자로서 애써 태연한 척했지만, 추위를 피할 수는 없었다(살구는 점점 더 발길이 뜸해졌다). 보다 못해 나는 커다란 박스 두 개를 연결하고 겉을 '뽁뽁이'로 감싼 '단열 집'을 만들어주었다. 하지만 열 마리가 넘는 고양이가 다 들어가기엔 턱없이 비좁았다. 한번은 이 단열 집에서 무려 열 마리가 기어 나오는 것을 목격한 적도 있는데, 맨 마지막에 들어간 노랑이 녀석은 어찌어찌 몸은 구겨 넣었으나 다리를 넣지 못해 구멍 바깥으로 두 다리를 내놓은 채 입실해 있었다. 일주일 후 나는 또 한 채의 단열 집을 만들어 기존의 집 옆에 두었다. 이 뽁뽁이로 감싼 박스 집은 겨우내 고양이들로부터 엄청난 사랑을 받았다. 거의 대부분의 고양이가 이

고양이에게는 당신이 바로 산타입니다.
고양이에게 따뜻한 손길을 내미는 세상,
모든 산타를 응원합니다.

두 채의 집에서 겨울을 났다고 해도 지나친 말이 아니다.

사실 오디, 앵두, 살구를 제외한 나머지 고양이들은 이번이 묘생 첫 겨울이었다. 첫눈이 오던 날 공교롭게도 나는 마당고양이들과 함께 있었는데, 새로 태어난 아무, 거나, 몰라, 삼장의 반응이 재미있었다. 녀석들은 놀란 토끼눈으로 하늘에서 떨어지는 눈송이와 땅에 쌓여만 가는 눈밭을 번갈아 바라보며 뭔가 정신의 혼란스러움을 느끼는 듯했다. 가끔은 앞발로 툭툭 쌓인 눈을 건드려보다가 예상 밖의 차가움에 움찔 놀라기도 했다. 장난삼아 눈뭉덩이를 뭉쳐 던져주었더니 아무 녀석은 호기심 가득한 얼굴로 그것을 빤히 쳐다보다가 이리저리 드리블을 하고 놀았다. 아무의 드리블이 재미있어 보였는지 멀리서 지켜보던 앙고 녀석 또한 눈뭉치 드리블에 동참했다.

아무와 거나는 얼음으로 뒤덮인 연못에서 아이스하키도 곧잘 했다. 얼음판에 퍽(Puck) 대신 적당한 크기의 돌멩이만 두세 개 던져놓으면 서로 치고받고 드리블하면서 잘 논다. 돌멩이 대신 연못에서 자란 부들 열매(소시지 모양의 솜방망이처럼 생겼다)를 던져주어도 마치 어묵꼬치 가지고 놀듯 재미있어한다. 처음에는 아무와 거나만 놀이를 즐겼으나 나중에는 앙고와 노랑이들도 하나둘 얼음판에 뛰어들어 좁은 연못링크가 북적거렸다.

가지 말라고,
고양이가
바짓가랑이를
잡고 늘어진다.

아내의 애정을 듬뿍 받고 있는 거나.
고개를 들었을 때 립스틱을 바른 듯
한 'ㅅ'자 입술이 매력적이다.

가만 보면 고양이야말로 그 어떤 동물보다 창조적으로 노는 동물이란 생각이 든다. 얼음판에 돌멩이만 있으면 아이스하키를 하고, 공터에 테니스공이라도 던져주면 곧바로 축구를 한다. 인간이 낚싯대로 놀아주지 않으면 저희들끼리 한 마리는 나뭇가지를 흔들고, 다른 한 마리는 그것을 잡고 노는 셀프 낚시놀이를 즐긴다. 벚꽃 핀 꽃가지 뒤에 숨어 숨바꼭질도 하고, 태권도와 쿵푸가 뒤섞인 격투놀이도 수시로 즐긴다. 인간의 입장에서는 그저 지켜보는 것만으로도 배꼽이 빠지고, 시간 가는 줄 모른다.

다래나무집에서 고양이들에게 가장 사랑받는 공간은 역시 장독대이다. 겨울에도 '냥독대'라는 이름은 여전히 유효했고, 더 많은 고양이들이 이곳을 애용했다. 다섯 마리 고양이가 1묘 1항아리씩을 차지하고 일렬로 앉아 있는가 하면, 한꺼번에 열 마리의 고양이가 여기저기 항아리에 흩어져 앉아 있기도 했다. 누군가는 그것을 자연친화적인 캣타워라 불렀다. 눈이 녹거나 비가 오거나 서리가 내렸다 녹을 무렵이면 고양이들은 장독대에 고인 물을 즐겨 마셨다. 따로 마실 물을 그릇에 담아 두어도 녀석들은 항아리 뚜껑에 고인 물을 유난히 좋아했다.

장독대와 고양이는 묘하게 어울렸다. 안개가 끼면 안개가 끼는 대로, 눈이 오면 눈이 오는 대로, 가을에는 단풍배경이 좋았고, 여름에는 녹음배경이 좋았다. 봄에는 민들레와 할미꽃과 솜방망이가 피었고, 생강나무

저 녀석 장독대에서 저렇게
퓨마처럼 날아오르는 것까지는 좋은데,
죄 없는 장독 깰까 걱정이다.

중성화수술을 받기 위해 병원으로
가는 녀석들을 배웅하는 고양이.
기다려라, 곧 너희 차례가 온다.

꽃과 벚꽃과 복숭아꽃이 차례로 피어났다. 얼마 전 일본의 한 잡지에 '한국의 고양이들'을 소개한 적이 있다. 당시 청탁을 넣은 편집자가 가장 마음에 들어 한 사진이 장독대에 올라앉은 고양이 사진들이었다. 장독대 고양이 사진이야말로 일본과 중국은 물론 외국에서 만날 수 없는 가장 한국적인 풍경이라는 의견도 덧붙였다. 어쨌든 이 풍경은 한국에서도 쉽게 만날 수 없는 풍경이나 다름없지만, 다래나무집에서만큼은 가장 흔하디흔한 풍경이 되었다.

산골짜기에 봄바람이 불기 시작하자 고양이들은 영역을 넓혀 뒷산, 옆산을 가리지 않고 넘나들었다. 어떤 날엔 옆산의 산비탈과 고목을 오르내리며 놀았고, 또 어떤 날엔 뒷산의 찔레넝쿨 그늘에 단체로 널브러져 한낮의 시간을 공으로 보냈다. 춘삼월 고양이 팔자 참 좋구나! 골짜기 능선을 따라 생강나무꽃이 피었다 지고, 벚꽃이 피었다. 햇살은 삼삼하고 봄꽃이 만개하니 다래나무집에도 올망졸망 고양이가 제철이다.

마당고양이 단체사진을 찍어보려고 애들을 불러 모았
습니다. 음, 역시 말을 듣지 않습니다.

우주와 교신 중.
꼬리가 안테나!
(사실은 고양이가 꼬리를 높게 치켜세우고
다가와 야옹거리며 눈맞춤을 시도하는 건
'배고파, 밥 줘요'라는 꼬리언어)

냥냥수월래.

밥상머리에 올망졸망
얼굴 맞대고 밥 먹는 모습은
언제 봐도 사랑스러워.

묘생 처음 눈을 만난 아기고양이.
하늘에서 떨어지는 저 하얗고 차가운 것이
무엇이냐며 내게 묻는 표정이다.

눈이 와도
물은
마셔야 하니까요.

집 앞의 다래나무는 고양이들이 좋아하는 캣타워이자 스크
래처가 되었습니다. 고양이가 개다래(마타타비)를 좋아한다는
사실은 많은 이들이 알고 있을 텐데, 다래나무집 고양이들을
보니까 땅을 파고 다래나무 뿌리를 그렇게 깍깍 씹으며 좋아
하더군요.

우리는
그루밍의 역사적 사명을 띠고
이 땅에 태어났다.

무심코 옆을 봤더니.

외발수레 점거농성 중.
"주 1회 고양이캔 간식을
주 3회로 늘려달라.
삼색이만 좋아하는
주인장은 각성하라,
각성하라!"

요즘 걸그룹 안무는
너무 어려운 것 같아!

춤 하면 역시
옛날 관광버스 춤이지.

"자, 찍어보시지!"
고양이 모델 3년이면, 알아서 포즈 취한다.
(뒤에 녀석은 아직 3개월이라 뭘 모르는 모양인데……)

다리가 짧아도
여기선 다 이렇게 마셔야 하니까,
이렇게 물 마셔요.

장독대에서 이름을 바꾼 냥독대.
고양이들의 캣타워이자 놀이터가 된 이곳을 나는
'냥독대'라 이름 붙였다. 얼마 전 일본의 모 잡지 청
탁을 받아 '한국의 고양이들'을 실은 적이 있는데,
당시 편집자가 가장 관심을 보인 사진도 장독대와
고양이가 어우러진 풍경이었다. '한국의 고양이'를
가장 한국적으로 표현한 사진이라는 이유였다.

기습포옹,
기습뽀뽀.

죽는 날까지 하늘을 우러러
한 점 얼룩이 없기를
똥꼬에 붙은 흔적에도 나는 괴로워했다.
(중간 생략)
오늘 밤에도 혀가 털끝에 스치운다.

이것이 바로 오묘(五猫)한 사진.
다섯 고양이가
다섯 항아리에 앉아 있는 모습.

지금 막 들어온 소식입니다.
마당에 펭귄고양이가 활보한다는
소식입니다.

야옹 임파서블.

마당고양이들이 영역을 넓혀 옆산을 접수했다. 가장 큰 나무에 올라가 발도장을 찍은 고양이들. 여기가 다들 포토존이라도 되는지 기념사진을 찍었다.

오디는 어려서도 아내 품을 좋아하더니,
다 커서도 아내 품에 잘만 안긴다.
(아내가 오디만 안으려고 한다는 생각은 안 해봤나)

저 녀석이 남의 마누라
옷고름을 풀려고 하네.

327

우리는
고양이를 사랑해.

숨은 고양이 찾기.

아이스하키 하는 고양이 보셨나요? 마당고양
이들은 얼음판에 퍽 대신 돌멩이 두어 개 던
져놓으면 서로 치고받고 잘 놉니다. 고양이만
큼 창조적으로 노는 동물이 또 있을까요?
저 녀석들 구경하는 것만으로도 시간 가는 줄
모릅니다.

마음은 언제나 라이언 킹.
(현실은 땅콩 수술)

"여기 주인장 어디 갔냥? 어서 밥을 내놓아라!"
밥때가 좀 늦으면 마당고양이들이 이렇게 단체
로 현관 앞으로 몰려와 시위를 벌인다.
안에서 보면 가관이다.

고양이와 함께 산다는 건 하나밖에 없는 의자를 고양
이에게 양보해야 한다는 것이다. 양보하는 게 하나씩
늘어간다는 것이다.

이렇게 앉아서 기다리면
봄이 올까요?
꽃이 필까요?
아직도 돌아오지 못한 당신이
돌아올까요?

힘내지 마.
힘내지 않아도 괜찮아.
내가 그냥
옆에 있어 줄게.

"아이에게는
사랑할 누군가를 줘야 해.
비행 청소년이란
개도 고양이도 없는 아이들이야."
-로맹 가리

인간은 바쁘니까 고양이가 알아서 할게

초판 1쇄 발행 2015년 5월 28일   초판 9쇄 발행 2020년 12월 2일

지은이 이용한
펴낸이 연준혁

출판부문장 이승현
편집 1본부 본부장 배민수
편집 6부서 부서장 정낙정

펴낸곳 ㈜위즈덤하우스
출판등록 2000년 5월 23일 제 13-1071호
주소 경기도 고양시 일산동구 장항동 정발산로 43-20 센트럴프라자 6층
전화 031-936-4000   팩스 031-903-3895   홈페이지 www.wisdomhouse.co.kr

값 14,800원   ISBN 978-89-5913-921-7 03810

국립중앙도서관 출판시도서목록(CIP)

국립중앙도서관 출판예정도서목록(CIP)
인간은 바쁘니까 고양이가 알아서 할게 / 지은이: 이용한. ― ― 고양 : 위즈덤하우스, 2015   p. ;   cm
ISBN 978-89-5913-921-7 03810 : ₩14800
고양이[猫] 한국 현대 문학[韓國現代文學]
818-KDC6 895.785-DDC23   CIP2015013664